大展好書 好書大展

大展好書 好書大展

精 選 系 列 21

台灣內亂

新・中國-日本戰爭 (六)

森　詠／著
林碧清／譯

大展出版社有限公司
DAH-JAAN PUBLISHING CO., LTD.

目錄

●主要登場人物●

日本

〈北鄉家〉

北鄉正生　父　外務省顧問　已退休　財團法人國際開發中心理事

美智子　母

譽　外務省北京日本大使館一等書記官（N機關情報部員）

涉　海幕幕僚　三佐

勝　業餘翻譯　曾在上海大學留學

弓　志向繪畫　北京大學文學部比較文學科留學

〈政治家、官僚〉

濱崎茂　首相

北山誠　內閣官房長官

青木哲也　外相（外務大臣）

辻村彰　外務省情報局局長

栗林勇　防衛廳長官

葛井護　法相（司法大臣）
川島弘一　通産相（通商産業大臣）
向井原一進　內閣安全保障室長　前統幕議長（N機關局長）
重田元介　聯合國大使
〈**自衛隊**〉
新城克昌　統幕作戰部長

中國
〈**劉家（客家）**〉
劉達峰　祖父　八路軍上校
劉大江　父　人民解放軍海軍少將　海軍參謀長
　玉生　妻
　小新　長男　人民解放軍陸軍中校
曉文　長女　事務員
汝雄　次男
劉重遠　劉小新的叔父　香港企業家

進　目前在北京大學留學

〈**中國共產黨、政府**〉

江澤民　國家主席、總書記、中央軍事委員會主席

喬石　全人代委員長

〈**總參謀部作戰總部（民族統一救國將校團）**〉

秦平　陸軍中將　總參謀部作戰部長　新黨政治局員　軍事委員會秘書長

楊世明　陸軍上校　總參謀部作戰室長

賀堅　陸軍上校

汪石　陸軍上校

黃子良　路軍上校　作戰主任參謀

周志忠　海軍上校

何炎　空軍上校

卓康勝　空軍上校

（**駐守香港人民解放軍**）

楚特力　陸軍少將　司令

趙文貴　陸軍上校　參謀長

〈**廣東軍**〉

（**第四十二集團軍**）

徐有欽　陸軍中將

白治國　陸軍少將

王　捷　陸軍准將

崔　南　陸軍准將

孫光覽　陸軍上校

遲勃興　陸軍上校

姚克强　陸軍上校

胡　英　陸軍中尉

鍾　揚　空軍少尉

（**第四十一集團軍**）

阮德有　陸軍中尉

任維鎮　陸軍少尉

〈**廣東政府**〉

趙紫陽　廣東省的實力者

朱森林　廣東省委員長
謝　非　廣東省委員會書記
〈**南海艦隊**〉
劉華清　中央軍事委員會副主席　海軍上將
游達人　南海艦隊司令官
袁耀文　南海艦隊第七護衛艦隊司令　海軍上校
梁家正　南海艦隊司令官　海軍少將
彭　炳　驅逐艦「重慶」艦隊　海軍上校
〈**其他**〉
于正剛　廣州人　前爲軍人　企業家　（暗地從事走私）
趙忠誠　汽車解體工廠廠長　上海游擊隊隊長
莊榮宏　五羊投資總公司集團總裁
郭英東　福建軍參謀
王　蘭　王中林之母　暱稱小蘭
姜敏男　謎樣的企業家

臺灣

李登輝　總統　國民黨

呂　玄　行政院院長

薛德餘　外交部長

謝　毅　國防部長　軍政

朱孝武　參謀總長　軍令

高　明　國家保安局長

錢建華　負責安全保障問題輔佐官

董治中　軍情報部長

袁元敏　國共合作派革命政府總統

〈**劉家（客家）**〉

劉仲明　中華民國軍准將　劉小新的叔父

美國

哈瓦德・辛普森　總統　共和黨

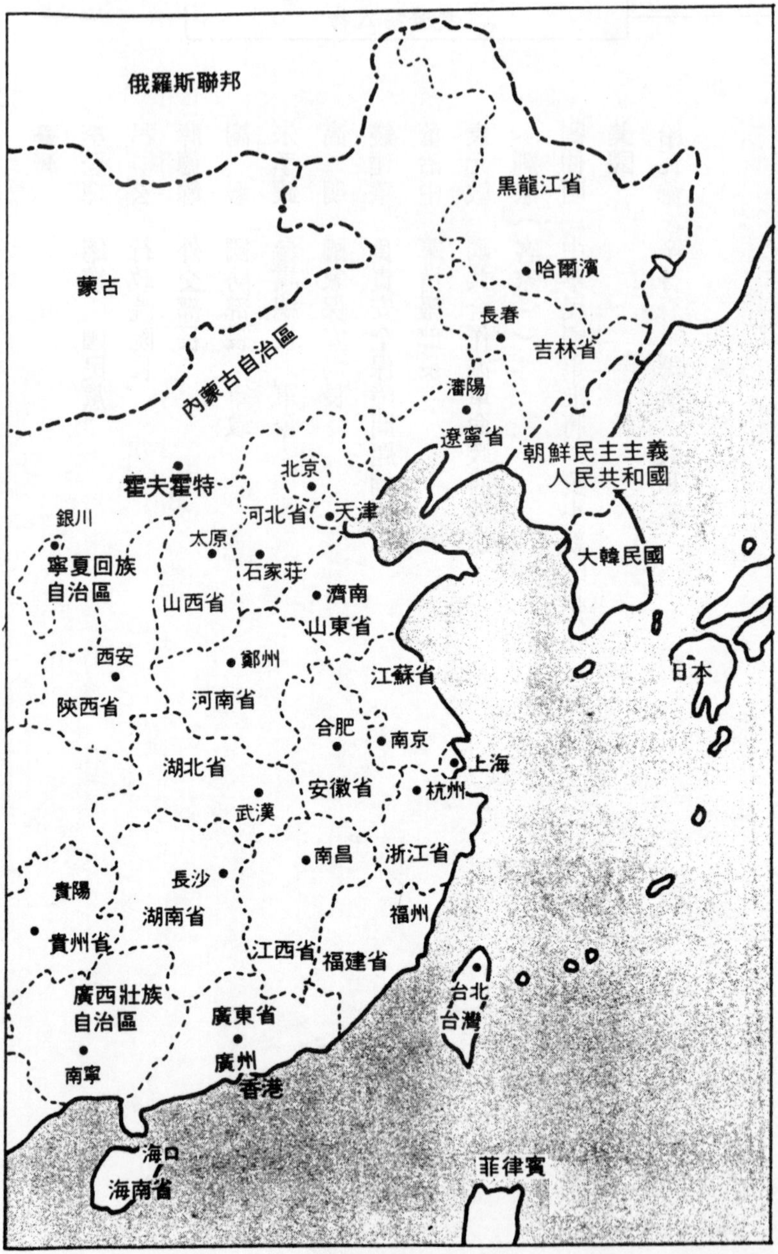
俄羅斯聯邦
黑龍江省
哈爾濱
蒙古
長春
吉林省
內蒙古自治區
瀋陽
遼寧省
朝鮮民主主義
人民共和國
北京
霍夫霍特
銀川
天津
河北省
太原
石家莊
大韓民國
寧夏回族
自治區
濟南
山西省
山東省
西安
鄭州
日本
江蘇省
陝西省
河南省
合肥
南京
上海
湖北省
安徽省
杭州
武漢
南昌
浙江省
長沙
貴陽
湖南省
福州
貴州省
江西省
福建省
台北
台灣
廣西壯族
自治區
廣東省
廣州
南寧
香港
海口
海南省
菲律賓

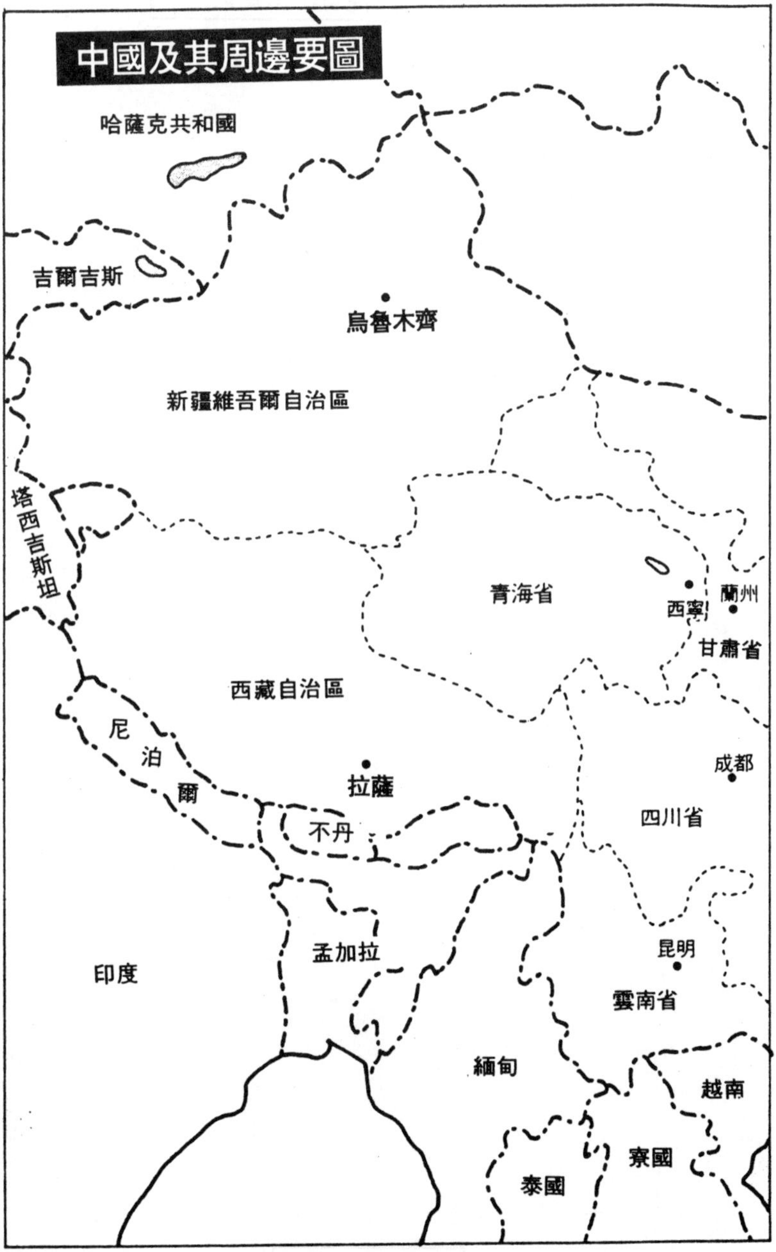
中國及其周邊要圖
哈薩克共和國
吉爾吉斯
烏魯木齊
新疆維吾爾自治區
塔西吉斯坦
青海省
西寧
蘭州
甘肅省
西藏自治區
尼泊爾
成都
拉薩
四川省
不丹
孟加拉
昆明
印度
雲南省
緬甸
越南
寮國
泰國

第一章　第一次琉球海戰

1

台北、行政院·臨時革命政府　7月30日　午後7點

行政院及立法院的周邊，凡有戒嚴部隊經過的通道，皆以路障封鎖以保持警戒。只聽到M48戰車及裝甲兵運輸車APC發出轟隆聲響地移動著。

在街上叫喊著「彈劾反動李登輝總統」、「中國只有一個」的愛國學生同盟會學生們召開集會，而在遠處觀望感到畏懼的一般市民人數並不多，街道上到處都可看到穿著迷彩服的士兵們警戒著。

從信義路方向出現的三輛黑色轎車，在前後裝甲車的保護下，駛近行政院的建築物前，而在建築物樓梯旁等待的電視燈火輝煌，迎接從車上下來的人物。

電視台攝影機和報紙的攝影人員一起衝了過去。

前頭及後面的轎車裡，下來了高級將官們。警備兵站在正中央的車子前面打開了車門，車上出現的是，穿著中華民國陸軍軍服的國民黨顧問袁元敏。

袁老伸出手來對著攝影機展露笑容，然後爬上行政院舖著紅地毯的石階。

「向總統閣下敬禮！」

衛兵隊長下達號令，排在樓梯上的戒嚴軍警備兵們一起舉槍。

臉頰上留著白鬍鬚的袁老，鷹揚地舉起手來，向將官及警備兵致意，在前來迎接的行政院職員帶領之下走進建築物，記者們在後方追趕，也跑進建築物內。警備的士兵們用槍阻止記者們繼續前進。

行政院的臨時記者會會場，擠滿了電視台的人員以及報社記者，一片騷動。終於男主持人出現在台上，一邊調節麥克風一邊大聲宣布：

「現在新總統將要舉行記者會。總統預定在記者會後指名行政院長組閣，所以記者會的時間比較短，大概只有五分鐘，沒有提出問題的時間，希望大家多多幫忙。」

記者會會場一片嘩然，國內外記者有幾人提出了抗議。

主持的男子無視於抗議的記者們，用手指著房間的出入口。在衛兵保護下的袁元敏顧問以及圍繞在他身旁的將官們出現了，閃光燈不停地照著這些人。

白髮的袁元敏好像非常高興似的，在電視的燈光照射之下，臉色顯得很紅潤。司儀伸開雙手，制止會場的喧鬧。

「肅靜！新總統記者會開始了。」

袁元敏坐在台上中央，好像睥睨著周遭的一切，拿著麥克風乾咳了一聲。

原本吵鬧的會場霎時安靜下來。袁元敏用低沉穩重的聲音説道：

「各位記者讓你們久等了。我們國民黨正統派得到壓倒性多數國民的支持，打倒了由李登輝總統所率領的賣國反動政權，今日向世界宣布全權掌握中華民國中央政府。國民黨中央委員會指名我擔任新任國民黨總統，而我認爲自己的年齡已大，不願意處理政務，但在此國家危急存亡之秋，爲了國家，不得不接受請託，我決定拖著這身老骨頭，爲統一祖國付出全身心力，希望全國國民保護我們所愛的中華民國的統一與繁榮，全心全力協助新政權。

支持國民黨正統派的愛國士兵已經行動，掌握了中央政府所有的行政機關、立法機關、司法機關、軍隊以及警察。首都台北李登輝政權派的軍警部隊正和我方交戰，不過現在大致已經恢復平靜。不久之前，李登輝從總統辦公室所在地的迎賓館，想要搭乘總統專用的直升機逃走時，由於機員操作錯誤，結果直升機墜毀，李登輝與其閣員皆已死亡，我們對此深感遺憾。原本希望和平轉移政權，不料竟以此種方式交替。雖是不可原諒的敵人，但仍要向李登輝總統致上哀悼之意。」

「請問！」

一名美國記者站起來發問。司儀表情凝重地制止記者，説：

「已經說了，不能提問題。」

「沒關係，你要問什麼？」

袁元敏和藹地看著美國記者。美國記者以英語問道：

「李登輝總統搭乘的直升機是不是被擊落的？」

一旁的翻譯官對袁元敏耳語，袁元敏立刻以北京話答道：

「根據我所得到的報告，我軍並未出手干涉。」

另一名美國女記者以英語問道：

「事實上，這是否違反民主主義的政變呢？你們不是用暴力打倒人民選出的李登輝民主政權嗎？」

袁元敏很不高興地聽了翻譯官的話，看著女記者，答道：

「我們這不是政變，是革命。革命當然是訴諸暴力。真是對不起，我想美國或英國獨立之時，應該也使用了暴力吧？」

「那是獨立戰爭，不是政變。」

女記者反駁道。袁元敏沒有聽翻譯官的翻譯，直接搖頭說：

「獨立戰爭也是一種暴力革命。現在我沒時間在這裡和你討論暴力。還有其他問題嗎？」

袁元敏冷笑道。一名台北的新聞記者勇敢地站起來，問道：

「我想請問袁元敏總統，今後的對中政策是什麼？」

「就如我們國民黨向來揭示的口號，一個中國的政策是不會變的，台灣不會獨立，以此爲前提和大陸的中共政府對談。」

「要進行第四次國共合作嗎？」

「應該是吧！」

會場一片嘩然。另一名台灣人新聞記者站起來問道：

「那麼，是不是在不久的將來，會和大陸政府建立聯邦國家？中共提出的聯邦國家的構想可以相信嗎？」

「是大陸方面先提出第四次國共合作的提議，這不是我們先提的。關於國共合作，今後還要更進一步地檢討。兩岸只有一個中國，既然意見一致，當然有商討的餘地。香港的一國兩制大致成功，那麼我國與大陸政府的共存共榮，相信並非不可能。」

「要我們向中共政府屈服嗎？」

記者群中有人提出這樣的問題。袁元敏好像要找出說話的人似地，瞪著記者群。

「是誰？竟說出這樣的話？國民黨政府絕對不會向中共屈服，但是目前也不打算以反攻大陸爲目標，只想配合時勢，想出解決問題的方法。我們要捨棄老舊的觀念，承認中共政府目前已統治大部分大陸的事實，換言之，中共也必須承認我國民黨政府統治了台灣本島以及其他諸島。以此爲前提，大陸政府和我國政府以對等形式，進行歷史性的和解，則建立中華聯邦國家也不是夢想了。第四次國共合作是對等合作，並不是我們向對方屈服。」

「請問！」

法國特派員舉手，以流暢的北京話提出問題：

「雖然新總統說中央政府全權掌握了台灣主權，不過實際上中南部地區的軍隊卻反對新政府。海軍、空軍是否也反對新政府？看來並不是全權掌握吧？」

「的確，中南部的陸軍、海軍，以及一部分的空軍與戒嚴部隊對抗，但從另一方面來說，效忠新政府的陸海空軍部隊也正持續增加，而宣布中立的部隊也不少，只要事態穩定，他們也是民主國家的軍隊，相信一定會追隨我們政府的。」

「若要美國政府、日本政府、印尼或菲律賓等東協諸國承認以政變成立的新政權，這可能很困難吧？」

袁元敏搖搖食指，冷冷笑道：

「這是中華民國內政，他國無權干涉。不管日本承不承認，不管東協諸國態度如何，那是他們的自由，我們管不著。」

記者群中一名美國人問道：

「中華人民共和國政府會承認新政權嗎？」

袁元敏看著坐在一旁的將軍們，笑道：

「中共政府一向不承認我們，這是衆所周知的事實，所以我認爲他們不會承認新政權。但是，可以這麼說，前李登輝政權是兩個中國論，追求台灣從中國大陸分離獨立出來，所以中共當然不承認。而我們則非抱持敵對立場，我們與中共一樣，是抱持一個中國的立場，因此，站在大中華國家的立場上，兩岸政府沒有理由不合作，昨天的敵人會成爲今天的朋友。」

台灣記者戰戰兢兢地舉手發言，問道：

「總統先生，我們擔心中共軍隊會趁台灣混亂之際，進攻台灣，你有沒有考慮到這一點？」

「爲了避免這種情況發生，應該讓地方軍隊指揮官儘快遵從中央政府的命令。」

「地方軍隊如果不遵從中央政府，你們打算怎麼做？」

袁元敏雙手交疊於桌上，說道：

「如果台灣持續內戰，也是無可奈何之事，也許這樣反而能得到大陸中共政府的協助。」

「這是什麼意思？」

台灣記者十分訝異，會場一片嘩然。一名美國記者叫道：

「台灣政府是否會要求中國軍隊軍事介入呢？」

「現在不能做進一步說明。」

會場響起一片記者的抱怨之聲。

身著普通服裝的羅少校出現在會場。袁元敏看了羅少校一眼，羅少校頭朝左右搖了幾下，拇指朝下，握拳。

袁元敏表情凝重。袁元敏背後的中校緊張地走近他，耳語道：

「總統，李登輝總統，不，前總統還活著。」

袁元敏小聲地回問中校：

「怎麼回事？難道他們沒有搭乘墜毀的直升機？」

「燒焦的機體中，只發現正駕駛和副駕駛兩人的遺體，敵人可能從地下秘道逃到歷史博物館去了。」

會場一片嘩然，袁元敏砰地敲了一下桌面。

「記者會結束！」

「有問題！」「我們有問題！」

會場上的記者大叫著。袁元敏和圍著他的將官趕緊離開了會場，無視於記者的大聲呼叫。

※　※　※

袁元敏進了休息室以後，對情報官中校怒吼似地說道：

「李登輝還活著？到底在哪裡？」

「現在情報局正全力調查，還要一陣子才能知道。」

中校不斷擦拭汗水。在房間入口，穿著便服的羅少校出現了。

「總統，恭喜就任。」

「羅少校，這什麼時候了，還悠哉游哉的。」

羅少校叼根煙，點起火來。

「我知道你在問李前總統的行蹤。根據我得到的情報，今晚有一艘驅逐艦打算從基隆偷渡出海，前總統李登輝以及前任閣員好像就在這艘驅逐艦上。驅逐艦航線向東，大概是要逃到琉球去。」

「去琉球？」

袁元敏看著掛在房中牆上的台灣全島地圖，注視著基隆到琉球群島的海域。袁元敏總統大聲命令部下：

「日本！難道他們想逃到日本去？趕快找出他們的行蹤，要是海軍不行動，就和中共軍隊聯絡，總之一定要消滅李登輝一派！」

2

琉球　八重山群島海域　7月31日　5時

天已經亮了。鉛色的雲覆蓋在東邊的天空，陽光無法照射下來。

站在艦橋上的艦長藍中校，面露緊張神情，用望遠鏡看著周圍海面。

琉球海域海面上波濤洶湧。南方海域發生大型颱風，沿著台灣東海岸北上。因爲颱風的影響，再加上琉球弧上空溫暖前線的刺激，因此斷斷續續下著大雨。

北緯二四度三十分，東經一二三度十五分。

已經越過台灣與日本的國境。中華民國海軍第一四六號艦隊第六護衛隊驅逐艦DD九一一「富陽」號，靜默地乘風破浪，稍微轉向東南東，慢慢地航行著。

按照慣例應該在旁並排航行的同志艦隊並未出現，富陽號以單艦航行，而且是以比漁船更低的低速離開基隆，也許這是值得慶幸之事。

朝北繞道，躲過封鎖台灣海域外海的中國海軍艦隊，方向轉向東南，沿著通過日本領土的與那國島近海的路線前進。

斜後方五點方向大約十公里的前方，日本領土的與那國島朦朧出現在雨幕中。

「CIC室，敵人情況如何？」

藍中校詢問戰鬥指揮室的CIC室。CIC室立刻答道：

「四艘敵艦仍然尾隨在後。」

「方位？」

「方位二八五和二三〇，距離七十公里和八十五公里。敵人是兩艘中國海軍驅逐艦。」

聲納員說：

「收到潛水艇反應。」

「可以辨識敵我嗎？」

「沒有回應，可能是漢型核子潛水艇。」

看來，敵人連潛水艇都追過來了。

「在哪？」

『方位二七〇，距離三十六公里，深度一〇〇，以二十節（海里／小時）的速度接近中。』

藍艦長下定決心，萬一有事，就以單艦應敵。

之前巧妙地通過了中國海軍嚴密的監視網，算是僥倖，但來到這裡，在到達八重島群島之前，可不能被敵人追上。

『上空有敵機接近！』

CIC室報告傳來的同時，警報也響起。

「準備對空戰鬥！」

藍艦長大叫道，副艦長葉上尉跟著覆誦。整個艦隊裡充滿「全員就位」的號令，甲板的組員迅速行動。

「敵機數量？」

『一架。』

「方位？」

『方位二七五，高度三千，速度九五〇公里／H，可能是中國空軍JZ—6偵察機。』

JZ—6（殲偵6型）是超音速戰鬥機米格十九的中國殲擊6型（J—6）噴射

戰鬥機的偵察型。J—6的續航距離為二三〇〇公里，非常長，可達一・三馬赫。

「可以看到嗎？」

藍艦長對著在艦橋的偵察員叫道。

「看不到。」

偵察員以望遠鏡看向上空，回答道。

雨雲低垂空中，因為雲遮住了，所以看不到機影。

「完成對空射擊準備。」

副艦長葉上尉緊張地看著藍艦長。

「很好。按兵不動，等敵機再稍微接近時，再把它擊落。」

「了解。」

葉上尉將此命令CIC室，告知戰鬥士官。

朝陽級驅逐艦「富陽」是美製驅逐艦，主要功能是對潛對水上艦攻擊，基準排水量為四二〇〇噸。

它以武進2號進行現代化修改，是舊世代驅逐艦，與世界級驅逐艦水準相比，非常老舊。

主要武器為對潛魚雷發射管三連裝一架，一二七釐米砲二連裝二門，以色列製對艦飛彈「加布里埃爾」複製品「雄風I型」反艦飛彈（HF—1）五枚。後部甲板搭載一架FUSE MD五〇〇直升機，但無對空飛彈。艦橋上有二座個艦防衛用近距離對空火器高性能二十釐米CIWS，是新裝備。

「快進入日本領海了。」

雷達人員報告。只要逃到日本領海十二海里內，敵人就不能出手了。

「保持這個方向，速度加快爲十二節，朝對面的島接近。」

「保持方向不變，速度十二。」

操舵員覆誦。

引擎的震動聲加大，船速加快，但仍然只是緩慢的航海速度，一點也趕不上普通的巡航速度。

「艦長，JMSA（日本海上保安廳）第十一管區本部再次對我艦提出警告，指我艦侵犯日本領海，要立刻退走。」

通信員報告。

必須關上無線電。如果回答了，就得告訴對方自己是台灣海軍驅逐艦「富陽」，同時還必須說明，爲何進入日本海域。

這時，可以從旁接收到層層無線電波的中國海軍和叛軍，可能因此間接掌握到

「富陽」的動向，得知李登輝總統就在本艦上，那就麻煩了。

「不管它，不要理它。」

藍艦長毅然決然説著。日本發出了侵犯領海的警告，但絶不會發動攻擊。根據以往的經驗，只要不對日方發動攻擊，日方就絶對不會出戰。

灰黑色的雨幕如煙般籠罩在海面上，航行在水平線附近的艦影，被雨遮掩，看不清楚。

但日本海軍的艦艇已以雷達掌握住，正監視著。幾分鐘前飛到上空的日本海軍P－3C對潛巡哨機，就是證明。

「富陽」進入與那國島的日本領海內時，被以無線電告知侵犯領海，提出嚴重要求，要「富陽」儘速退出領海之外。因此「富陽」暫時退出與那國海域，朝向八重山群島的方向前去。

『艦長！機械室的報告。引擎燃燒溫度繼續上升，如果繼續以此速度航行，引擎將不保，應以七節爲限。』

通話器中傳來的是機械長的聲音。主引擎有兩座，但只有一座在運作，要是剩下的這座也故障，就萬事休矣。

「知道了。減速爲七節。」

「減速爲七節。」

操舵員覆誦道。

船速突然慢下來。船艦速度一減，就好像停在海面上似的，只慢慢移動著。

藍中校緊咬著嘴唇。如果放慢速度，要是必須戰鬥，恐怕也無法作戰。

「富陽」所屬的第六護衛隊，不久前曾與中國軍東海艦隊交戰，當時「富陽」後部甲板被敵人的對艦飛彈擊中一枚，機械室受損極爲嚴重，於是脫離「富陽」艦隊，回到母港基隆港準備修復。

機械室主引擎所受的損傷，比當初想像的要來得嚴重，兩座引擎都無法運作，必須回到高雄海軍基地徹底檢修。

在基隆時，只修了損傷較少的那座引擎，本來應該多花點時間修理才行，但如今政府重要人物竟搭乘了半身不遂的「富陽」號。

「進入日本領海！」

雷達人員叫道。藍艦長命令聯絡官：

「趕快請劉仲明准將到艦橋來。」

聯絡官少尉慌張地跑開。

若須和日方妥協，得先和劉仲明准將商討。這個時刻終於到了。

李登輝總統等政府重要人物，在士官用餐廳徹夜開會，現在應該已經到了決定如何應對的時刻了。

「艦長，測到高速艦的蹤跡，方位一〇五，距離四十公里，以三十節速度朝這裡接近。」

「敵我識別結果？」

「沒有回答。」

藍艦長用望遠鏡看前方，看到西表島的島影就在前面。希望出現在島邊的艦影不是敵艦。

「準備對水上艦戰鬥！就戰鬥位置！」

藍艦長大叫道。副艦長覆誦。艦內再次響起緊急召集的信號。

艦橋上的人員快速移動，號令漸次傳出，一二七釐米砲的砲門開動了。「雄風Ⅰ型」反艦飛彈發射機角度下降，隨時都可以發射。

雷達人員大叫道：

「方位〇一〇，發現數艘驅逐艦！」

「距離？」

「八十公里。」

通信士手上拿著接收器，對藍艦長大叫道。

「得到無線通信，方位一〇五的船艦是日本海軍的驅逐艦。」

「好。那〇一〇方位的敵艦呢？」

「是美國海軍的艦艇。」

藍艦長安心地鬆了一口氣。

「艦長，收到日本沿岸警備隊的通報。」

通信士大叫道。

「說了什麼？」

「這是巡視船『下佳』。貴艦侵入日本領海，請立刻離開。如果貴艦持續侵犯領海，將以國際法緝捕貴艦。這是最後通告。」

艦橋瀰漫著緊張的氣氛。

「劉仲明准將來了！」

聯絡官報告道。劉仲明准將出現在背後的旋梯。

「狀況如何？藍艦長。」

藍艦長鬆了一口氣似地回頭看他。

「劉仲明准將，再不對日方有所回應，恐怕不行了。日方已經下達攻擊的最後通告。」

特別顧問劉仲明站上艦橋，看著波濤萬丈的海面，點頭說：

「好，解除無線電封止。」

「了解。」

藍艦長立刻命令通信士，解除無線電封止。聽到覆誦聲。

劉仲明准將看著通信士官。

「通信士，通告日本政府，台灣共和國總統李登輝在艦上，因爲機械部故障，請求到日本領海緊急避難。因爲有敵機追趕，請他們允許我們到最近的八重島群島港口緊急避難。」

「了解，立刻告知。」

通信士官以恭謹的態度回答道。劉仲明准將繼續說：

「發電報通知高雄和花蓮的我軍司令部，告知李登輝總統依然健在，要陸海空三軍全力擊滅叛軍。」

如此一來，不論是中國軍還是叛軍，都會知道李登輝總統搭乘了「富陽號」，「富陽號」將無法遁形於敵艦之前。藍艦長看著劉仲明准將。

劉仲明特別顧問似乎有他的考量，必須遵從他的考量。

通信士官覆誦電文：

「回電日方：這裡是中華民國海軍驅逐艦『富陽』，李登輝總統搭乘本艦。本艦因機械部故障，無法航行，受到敵機的攻擊，請求至貴國緊急避難。請求允許本艦停靠八重島群島港口……」

藍艦長聽著通信士的回電內容，用望遠鏡看著就在眼前的西表島。雨被風吹走了，視野一片開闊，前方海上出現清晰的艦影。

藍底印上白色星星的旗幟飄揚著。在白色船體接近船首的部分，看到藍色斜條紋的S字，船頭有PL03的記號，是日本海上保安部的巡視船「下佳」。

「下佳」是巡視船「牡鹿」級的二號艦，排水量數一八八三噸，有二座柴油引擎，雙軸，出力七〇〇〇馬力，速力二十節。武器有二十釐米多槍身機關槍一座，裝配在前甲板部。後部甲板則有一架直升機正冉冉上升。

『敵機接近！』

聽到CIC室的通報。

「在哪？」

『方位三五〇，距離十公里，高度一〇〇〇，高度急速下降，朝向本艦。』

「偵察員！情況怎樣？」

藍艦長對著艦橋大叫道。

「八點上方有敵機！」

偵察員用望遠鏡偵察，大叫道。藍艦長跑到艦橋，把望遠鏡朝向八點方向。

雲間似乎出現了點點機影，一二七釐米砲立刻燃起火苗，曳光彈拖著白煙尾被吸入上空。

敵機掉轉機頭方向，不再接近，改以迂迴繞轉，在「富陽號」周圍盤旋。

不久之後，一二七釐米砲又發出了轟隆聲，發射子彈，追蹤機影，製造彈幕。

「好像在偵察我們。」

劉仲明准將在藍艦長身旁耳語著。

「如果配備了對空飛彈，就可以擊毀它了。」

藍艦長很懊惱，瞪著上空高速飛去的偵察機。

『艦長！方位〇一五有兩架飛機迅速接近。』

CIC室的通報傳來，藍艦長立刻回到艦橋中。

「是敵機嗎？」

『是日本空軍機！去追趕敵機了！』

藍艦長看著葉副艦長。

『日本空軍機警告中國空軍機侵犯領空！』

「停止射擊！」

藍艦長大叫道。葉副艦長於ＣＩＣ室覆誦。

一二七釐米砲突然保持沈默。砲聲停止，一片寧靜。

藍艦長緊握著望遠鏡，從艦橋看著上空。

從灰色的雲間，看到灰色的機影，到低空時開始朝右急旋轉。倒Ｖ字形的尾翼、矮胖的機身旋轉後，開始急速上升，追趕敵人的偵察機。是Ｆ—４鬼怪戰鬥機，機身上有紅色的日本國旗標幟。

「日本終於來了。」

葉上尉臉上浮現笑容。藍艦長也露出安心的表情，點點頭說：

「只要進入日本領海，就能安心了，劉仲明准將。」

劉仲明准將臉色凝重地搖搖頭。

「不，接下來才是問題。日本政府是否會接受我們，還不知道咧。」

通話器中傳來聯絡官的聲音：

「劉准將，李登輝總統請您到士官會議室去。」

劉仲明准將回答道「現在就去」，連忙走向舷梯。

3

琉球　那霸　航空自衛隊西南航空混成團司令部　7月31日　5時20分

從黎明前開始，司令部就瀰漫著緊張的氣氛。基地司令大木一等空佐抬頭看著狀況顯示板，眼睛盯著展開緊急行動的F—4EJ改良鬼怪戰鬥機的標幟。

己方機是藍色標幟，侵犯機是紅色標幟。侵犯機是中國空軍偵察機JZ—6（殲偵6型）一架。

敵機JZ—6無視於再三的警告，侵犯八重山群島上空領空，將之擊落是輕而易舉的事，但如此一來，將更加升高台灣海峽的緊張情勢，也可能會與中國軍隊全面對決。友軍美軍應該不會坐視不顧的。基於美日安保條約，美軍對中國軍的空中攻擊，應該會自動展開反擊。

如此一來，琉球將再次成爲戰場，日本本土屆時也將和中國軍展開全面攻擊，無可避免地捲入與中國的戰爭中。

這種情形一定要避免，不可二度掀起中日戰爭。一旦戰事發生，不管哪個國家都會深受傷害，甚至會出現比第二次世界大戰更嚴重的慘禍。

因此，東京指揮所下達嚴厲命令，即使侵犯機大力攻擊，也不可應戰；即使己方機被擊毀，也不可應戰。

然而部下不斷追趕侵犯機，並不知道有這道命令。難道要讓部下被敵機擊落？希望侵犯機快點撤退。

大木一佐好像在祈禱似的，盯著交叉來去的己方機和侵犯機。

『ALPHA（A編隊）、ONE（1號機）通知藍塔（那霸基地管制塔）。』

『這裡是藍塔，1號請說。』

管制塔和緊急出動機編隊通信。

『目標折返，即將回航。』

『了解。』

大木一佐鬆了一口氣。中國軍機乖乖撤退了，一觸即發的危險終於化解了。

「其他的目標呢？」

「沒有移動。」

雷達管制員答道。

大木一佐看著中國大陸沿岸的領空。迎接偵察機的中國空軍機編隊甚至飛到尖閣列島上空附近。

他們爲了避免無用的衝突，並未侵入琉球領空，只是在空中待命的樣子。而先前飛來的偵察機已朝那裡飛去了。

尖閣列島北方的海域有美國海軍第七艦隊巡航，從航空母艦起飛的F—14鬼怪編隊負責上空警戒任務。

萬一中國空軍攻擊航空自衛隊機，則美軍也會自動參戰。

「司令，五航群司令的緊急聯絡。」

通信員叫道。海上自衛隊第五航空群司令，是舊識臼井一等海佐。

「接過來。」

大木一佐耳朵貼著聽筒。

『大木司令，我是臼井司令。』

聽到熟悉的臼井一等海佐的聲音。

『巡視船「下佳」傳來緊急聯絡，台灣海軍驅逐艦「富陽號」因爲機械故障，要求到石垣島或西表島緊急避難，李登輝總統也乘搭該艦。』

「什麼?真的嗎?」

『「下佳」臨檢「富陽」，已確認李登輝總統在該艦上。』

一難才去，又來一難。看來中國空軍的偵察機是爲了追蹤「富陽」的行蹤。竟然有如此的賓客搭乘「富陽號」。

「台灣政變，聽說李登輝總統已經死了。」

『李登輝總統搭乘「富陽號」逃出危機，現在由「下佳」護衛，「富陽號」正向石垣島開去。中國軍似乎接收到該艦對我國發出的通訊，採取嚴厲警戒。』

「中國艦隊情況如何？」

『掌握到中國海軍潛水艇，中國艦隊也持續接近中，好像在追蹤「富陽號」。』

大木一等空佐連忙看著狀況顯示板。板上顯示出陸海空整體戰鬥狀況。

「也許會來。」

『一定會來，保持密切聯絡。』

「當然，好好祈禱吧！」

通訊結束。大木一佐緊抿著嘴唇。

看來不可能就此結束了，東京指揮所會有什麼指示呢？恐怕問題不是單純的領海領空侵犯事件，而是政治問題。我們不是政治家，只能執行命令。

大木心想，今天會是很長的一天。

4

北京　總參謀部作戰本部　7月31日　4時50分

作戰本部瀰漫著緊張的氣氛。從昨晚開始，作戰參謀眼裡就滿布血絲，一直瞪著狀況顯示板。

「是真的嗎？李登輝真的在艦上？」

秦平中將耳朵抵住聽筒，大叫道。

『沒錯，我們從旁接收到無線電通訊，聽到李登輝自己直接要求高雄的司令部，向革命政府展開反擊。』

總參謀部第二部副部長汪石上校的聲音，從聽筒那端傳來。

「是嗎？是李登輝嗎？這可就糟了，可就糟了。」

『這麼一來，狀況就無法掌握了。台灣本島內部支持李登輝的南部軍隊，可能會和革命政府發生衝突。』

「支持李登輝的軍隊大概有多少人？」

『要是李登輝還活著，則之前靜觀事態發展的軍隊內部的動搖分子，可能也會投靠敵方，大概有十三、四個師團的勢力。』

「海、空軍呢？」

『台北近郊空軍部隊的一部分、台灣北部地區海軍的一部分，以及四、五艘艦艇已投靠革命政府，剩下的大都投靠敵人。』

『糟糕了，這樣的話，政變根本毫無意義嘛。』

『讓李登輝逃走，真是最大的失誤。』

「現在說這些都沒用了，今後該怎麼辦？」

『我也很擔心。』

秦中將手握聽筒，盯著狀況顯示板上的台灣海峽。

「那麼，知道『富陽』現在的位置嗎？」

『拍到了衛星圖，「富陽」就在西表島海域。空中偵察機也確認「富陽」台灣海軍驅逐艦在琉球海域。』

「美軍動向如何？」

『第七艦隊在釣魚台（尖閣群島）北方二百公里附近巡曳，而且派出偵察機和電

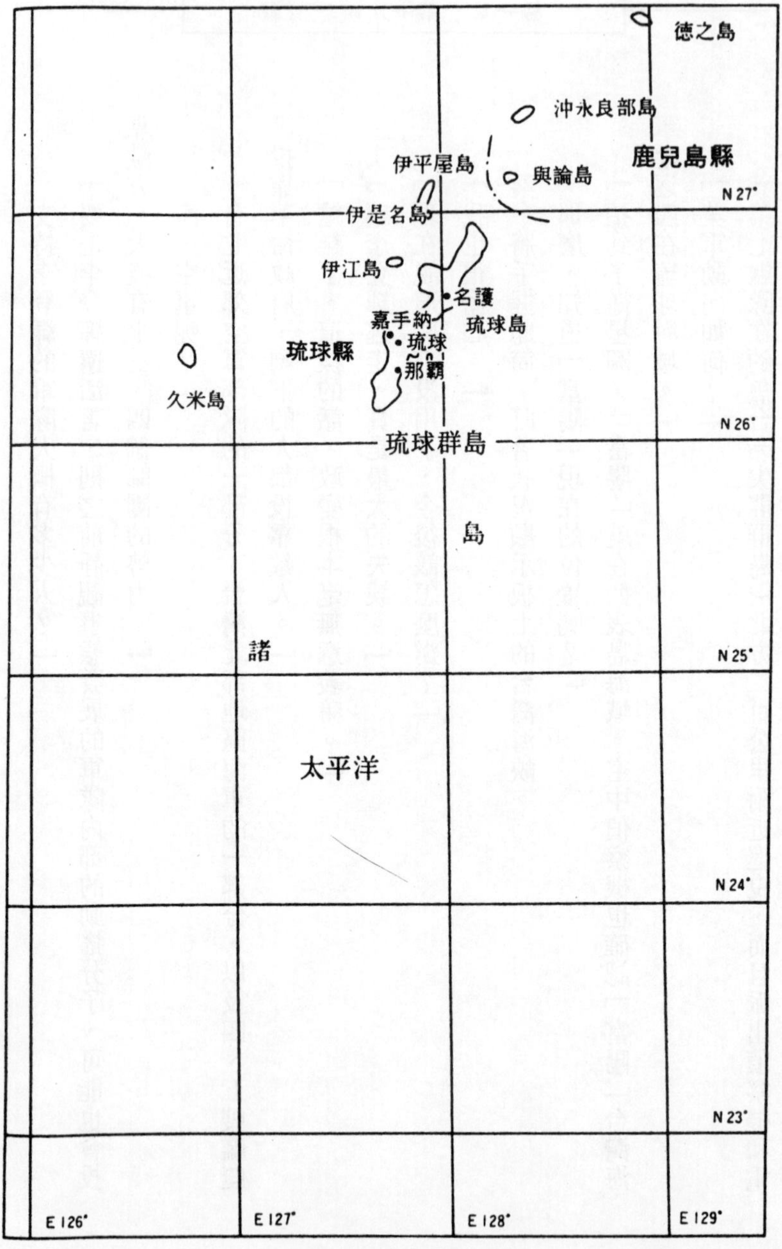
徳之島
沖永良部島
鹿兒島縣
伊平屋島
與論島
N 27°
伊是名島
伊江島
名護
嘉手納
琉球島
琉球
那覇
琉球縣
久米島
N 26°
琉球群島
島
諸
N 25°
太平洋
N 24°
N 23°
E 126°
E 127°
E 128°
E 129°

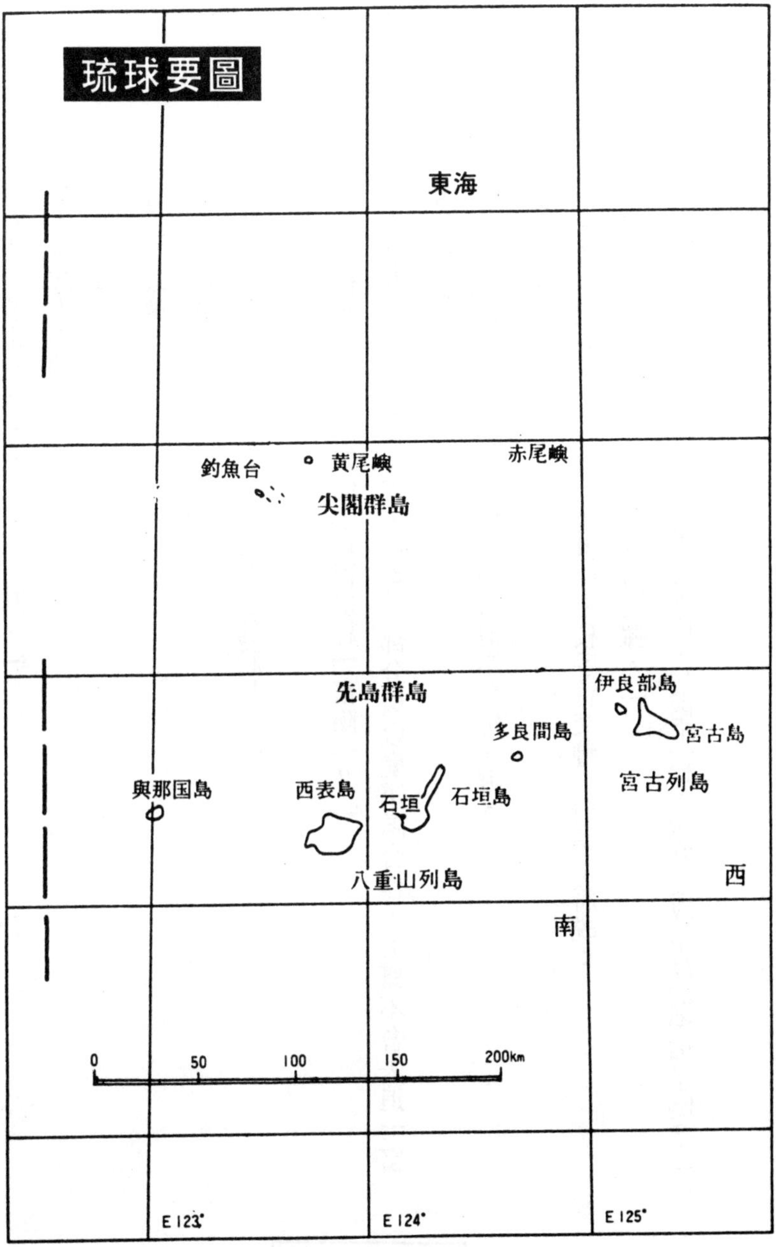
琉球要圖
東海
釣魚台
黃尾嶼
赤尾嶼
尖閣群島
先島群島
伊良部島
宮古島
多良間島
宮古列島
與那国島
西表島
石垣
石垣島
八重山列島
西
南
0
50
100
150
200km
E 123°
E 124°
E 125°

子偵察機警戒，並未直接阻礙我軍的行動。」

「日本軍隊方面的動向呢？」

「要我方偵察機不可侵犯領空。」

「有沒有攻擊？」

「沒有，沒發動攻擊。」

「是嗎，看來日本並沒有和我國對決的膽量。」

秦中將和身旁的參謀們相視而笑。

「袁元敏台北軍的情況如何？是否追趕『富陽』？」

「台北軍方面的空軍和海軍，只有一部分與政變軍隊合作，大概不會去追『富陽』，可能也不知道在哪。」

「很好，趕緊通知袁元敏總統，告訴他李登輝在哪。」

「知道了，立刻聯絡。」

秦中將放下聽筒。作戰室長楊世明上校手臂交疊，向秦中將説：

「秦同志，即將進入作戰的第三階段囉。」

「嗯，接下來將是一決勝敗的重要階段，賀堅上校，做好進攻本島的準備了嗎？」

秦中將詢問賀堅上校。

「準備好了，隨時都可以派艦隊出擊，是吧，周志忠海軍上校。」

周上校點點頭。

「運輸船隊在北海艦隊第2、第3艦隊的護衛下，在指定位置待命，第1、第2航空母艦戰鬥群已經朝台灣移動中。」

狀況顯示板上，指示著封鎖台灣海峽的東海艦隊的位置，以及新投入的北海艦隊的第1、第2、第3艦隊的位置。

「很好，空中支援情況如何？」

秦中將問何空軍上校。

「我們有隨時可以出動的秘密戰鬥機師團、轟炸機師團，就在南京軍管區各空軍基地待命。」

「好，萬事順利。」

秦中將很滿意地看著狀況顯示板，搓搓雙手。

「作戰本部長同志，台北政府打來的緊急電話！」

聯絡官少尉報告道。秦中將拿起桌上的紅色電話。紅色電話是和各地及作戰本部相連的熱線。

『秦中將。』這是袁元敏的聲音。秦中將耳朵貼住聽筒，同時將聲音放出來，讓大家都能聽到。

「袁元敏新總統，恭喜你政變成功。」

「謝謝，但是還有各種問題。」

「我知道。我方情報部應該已經通知你李登輝總統的所在地了。」

「是的，就是這件事情，真是遺憾，我們沒有餘力去追李登輝。您可以爲我們處置他嗎？」

「既然如此，那麼就由我們來做吧。那麼該如何處置他呢？」

「不要再讓他回台灣，儘可能在他尚未得到日本政府庇護之前，讓他和驅逐艦一起葬送海底，這樣就無後顧之憂了。」

秦中將和周圍的參謀面面相覷。

「知道了，我會照做。」

「謝謝。這樣的話，國共合作才有意義。」

「你那邊狀況如何？根據我們接到的情報，袁老率領的首都警備軍三個師團，似乎正努力地在維持台北的治安。」

「事實上，我就是爲此打這個電話的。您一定要遵守第四次國共合作的約定。」

「當然，我們沒有袁元敏總統的要求，絕對不會派遣軍隊的。即使派遣，也是爲了保護袁元敏總統與台北政府，基於同是中華民族的立場加以支援，沒有任何政治目的。」

『我相信秦中將的話，那麼，我國政府將正式向貴政府請求軍事支援，到時希望您能派遣陸海空軍部隊，關於此事我們就要立刻召開記者會發表了。』

「我知道。五點十分會向軍事委員會報告，貴政府向我國政府提出軍事介入的正式要求，同時派遣軍隊。」

『很好。我軍在武器彈藥方面，與反政府軍相比，十分脆弱，我們衷心歡迎中國軍的介入。』

「就交給我們吧，袁元敏總統，您絕不會失望的。」

秦中將禮貌地說了幾句後，就切斷電話。周圍的參謀們歡聲雷動。

「很好，那麼我們就開始解放台灣的進攻吧。在此之前，一定要擊沈李登輝乘坐的船。何上校，下達攻擊命令。」

「『富陽』應該是在日本領海內。」

「沒關係，不管在哪都要發動攻擊，擊沈『富陽』，事後再發表是在公海擊沈的，就可以了。」

楊上校略感擔心似地說：

「但，可能會遭到日軍和美軍阻礙。」

「那就視爲正當防衛，加以反擊。不管是日本艦船還是美國艦船，只要是阻礙我軍攻擊的，就都是敵人，可以攻擊。」

「那就可能會和日本及美國陷入戰爭狀態。」

周海軍上校面色凝重說著。秦中將莞爾一笑。

「日本不敢真的和我國戰鬥，只會提出抗議而已。萬一與日本作戰，那也無妨。賀堅上校，你已經擬好假想中的中日戰爭計畫了吧！」

「是的，隨時都可以發動。」

賀堅上校靜靜地點點頭。

賀上校在台灣解放作戰中，假設了萬一美日兩國軍事介入的情況，率領對日對美戰爭計畫特別研究班秘密進行研究。

「第二砲兵已經開始進行對日本發動飛彈攻擊的準備。」

「已經有六門大陸間彈導彈飛彈的準星對準了東京、大阪和琉球。」

賀堅上校說著。參謀們議論紛紛，秦中將自信滿滿地點頭說道：

「要讓他們知道，反對我們中華人民共和國的國家，會有什麼下場。琉球本來就是中國的屬國，解放琉球也沒什麼不好，正義是站在我們這一邊的，毫無顧忌地去攻打日本和美國吧。中華人民在第二次世界大戰裡嚐到的屈辱和痛苦，要向日本政府討回來，讓他們嚐到同樣的苦果。」

秦中將豪爽地笑著。

5

東京　總理官邸辦公室　7月31日　6時30分

首相濱崎洗完臉後，睡意全消，快步走進辦公室。辦公室裡已經聚集了官房長官北山、內閣安全保障室長N機構的最高負責人向井原，以及外務省情報局局長辻村。

三人一起站了起來，迎接濱崎首相。

「李登輝總統要求逃到我國嗎？」

「是的，緊急避難。李總統搭乘的台灣海軍驅逐艦『富陽』機械故障，請求允許在我國港口靠岸。基於人道考量，我們必須允許。」

北山官房長官說道。

「緊急避難？真的是李登輝總統嗎？」

「是的，這是經「下佳」艦長確認的事。」

「哦，那真是好消息。現在李登輝總統在何處？」

「現在『富陽』的位置在西表島北方十公里的海上，由巡視船『下佳』誘導該艦到隔壁的石垣島。」

向井原拿出從上空拍攝的西南群島衛星照片，照片上顯示了西表島和石垣島附近海域。濱崎首相趕緊看照片。

從照片上看到兩艘朝石垣島港口前進的軍艦。

「島右上方的艦影是台灣海軍的『富陽』，在其前方的是巡視船『下佳』。」

「緊急避難是不是藉口？」

「不，『下佳』確認，『富陽』真的機械故障，只有七節的速度。」

濱崎首相問道：

「外務大臣呢？」

「現在正從他的官邸趕過來。」

「嗯。趕緊叫防衛長官來，要召開緊急安全保障會議。」

「立刻安排。」

北山官房長官連忙對秘書官做出指示。濱崎首相看著辻村情報局長，說：

「告訴美國了沒？」

「當然。美國政府接到第七艦隊的報告，比我們更早就知道事態，已經和我們聯絡。」

辻村外務省情報局長點頭答道。

「必須緊急和辛普森總統討論一下。」

「美國國務院也有同樣的想法。他們也想儘快和我們商議此事。」

北山指著桌上的熱線電話。

「問題在於李登輝總統的意圖。首先必須允許他緊急避難，但到底要避到什麼時候，而李總統又打算到哪裡去？」

「我想中華人民共和國政府遲早會要求引渡李登輝總統，不然台灣政變後的政權也會要求引渡。」

北山官房長官面色凝重說著。濱崎首相從煙盒抽出一根香煙，用剪刀剪掉一端。

「真糟糕，你們有什麼好想法？李登輝總統今後打算怎麼做？」

「我想可能會回去台灣，和政變政權對決。」

「向井原，台灣情勢如何？」

濱崎首相問道。向井原打開手邊的檔案資料。

「根據今天早上的情報，政變軍隊控制了首都台北以及台灣北部，而台灣中部到南部則未受到他們的控制。與政變軍站在同一邊的，是首都警備司令部及其麾下的部隊，有第一機械化、預備師團各一個，以及空軍與海軍的一部分。陸海空三軍聽到李登輝總統死去的消息後，軍心動搖，似乎想靜觀其變。但他們如果確認李登輝總統還活著，則對總統忠誠的部隊，可能會對政變軍展開總攻擊。」

「會引起台灣內戰嗎？」

「我想內戰是不可避免的。內戰還好，但恐怕中國軍隊會趁機介入。」

北山官房長官以沈重的表情說道。

「到時候，美國不會沈默不語，美軍一定會介入內戰。」

「基於日美安保條約的約定，台灣屬於遠東有事的範圍，如果美軍介入，日本就必須自動支援。如此一來，中國也不可能坐視不顧，則日本必然會捲入中美之間的戰爭。糟糕糟糕，想到的都是不好的情形。」

濱崎首相搖搖頭。

向井原以平靜的語氣說：

「李登輝總統的緊急避難只是暫時的，現在第一個問題是，我國要要求李登輝總統何時離去。中國軍隊可能會在外海等待李登輝總統出去，緝拿『富陽』，甚至將其擊沈，明明知道這一點，卻必須要求他離去，雖然我國保持中立立場，卻可能會引起國際輿論的反感。這麼做雖然能得到中國的贊同，卻會激怒美國，可能會使美日關係瓦解，而這可能會讓中國十分高興。」

「不行，不能真的要求李登輝總統離去。」

濱崎首相斬釘截鐵地說道。

「如此一來，我們就必須有所覺悟，以全力保護李登輝總統的守護方式，讓『富陽』出港。這樣屆時就必須和中國對決，會引發日中全面對決。」

「我國難道不能不管李登輝總統嗎？」

「這樣不對，盡可能讓他安安穩穩地離開。」

北山搖頭。向井原則點頭說道：

「最好說服李登輝總統離開『富陽』，暫時移到那霸等地，藉由空軍或是美國等第三國送他出去。」

「那只是暫時的解決方法。」

濱崎首相想了想說道。

「要是李登輝總統不接受我國的請求，執意搭乘他的『富陽』回到支持他的政府軍所在的台灣南部，這種情形的可能性最高，到時候我國政府應該怎樣應對呢？是坐視不顧，還是保護李登輝總統，與中國作戰？」

濱崎首相默默抽著煙，北山官房長官發出嘆息聲。

聽到敲門聲。秘書官探頭進來。

「總理，防衛長官打來緊急聯絡電話。」

「接過來。」

濱崎首相拿起桌上電話話筒，抵住耳朵。

「是我。」

栗林長官聲音聽起來頗爲慌張，可能是打行動電話。

『中國空軍反覆侵犯琉球領空。根據偵察衛星照片，中國艦隊的行動十分頻繁，已接近我國領海水域。美國第七艦隊爲了以防萬一，已在琉球海域待命，保持警戒，但仍不可掉以輕心。

我們自衛隊的當地部隊想向東京指揮請求指示，萬一受到攻擊時，是否可以反擊？我基於自衛權範圍內的考量，允許他們反擊，不知道濱崎總理想法如何？』

「盡可能不要與對方發生衝突，即使侵犯了領空，若是沒有發動攻擊，則把他們趕走就可以了。」

『總理，那麼我國主權是否受到侵犯？到底容忍他們侵犯到什麼程度？』

「我國的艦船、飛機、領土島嶼未受到攻擊前，都不可以出手。」

『總理，要是受到攻擊就可以反擊了嗎？』

栗林長官謹慎地問道。

「是的。如果當地司令官判斷須進行正當防衛，就可以立即進行反擊。」

『謝謝，最高司令官。』

栗林長官聲音發抖，掛下電話。

再次聽到敲門聲，門打開了，秘書官探進頭來。

「總理，外務大臣到了。」

「請他進來。」

濱崎首相指示時，青木外相慌慌張張地走進來。

「總理，美國國務院有聯絡。」

「說什麼？」

「美國支持李登輝總統，希望我國配合美國的步調，全力保護李登輝總統的安全。」

青木外相噗通一聲坐在椅子上。濱崎首相點頭說道：

「既然美國這麼想，那麼我國也必須採取一致的行動。如果只有我國的話，這麼做就太危險了。」

6

與那國島海域　7月31日　6時30分

湛藍的海洋上，掀起白色的波濤。

機長林上尉凝視著波濤湧起的海面，眼前的大波浪瞬間遠離。南京空軍轟炸師團第十五飛行連隊第一飛行隊第一小隊的轟炸6型改良（H－6ＩＶ）攻擊機四架組成編隊，超低空飛行，朝向東南前進。

轟炸6型（H－6）是舊蘇聯製Tu－16，是中國在其國內生產的轟炸機。雖然是舊型的轟炸機，但中國加以改良，使之成爲獨特的轟炸6型改良H－6ＩＶ。H－6ＩＶ（B－6D）機頭下面的雷達天線罩，比以前的更大，能收藏中國獨自開發的雷達。主翼下可攜帶C601對艦飛彈二枚。

H—6ⅠV全寬三四·一九公尺，全長三四·八〇公尺，全高一〇·三六公尺，自重三萬八千五百三十公斤，最大離陸重量七萬五千八百公斤。有兩座渦噴8型引擎，最大巡航速度四二四節，實用上限高度一萬二千公尺，戰鬥行動半徑九七一海里（約一千八百公里）。

武器包括23釐米機關砲七門，炸彈搭載量爲三千到九千公斤（機内），機外可搭載兩枚C601ASM。乘員六名。

「接近目標地點。」

副駕駛座上的郭少尉大聲叫道，林上尉也看著一點的方向，確認島影。

「好，通過乙地點後改變方向。」

「了解。」

郭少尉覆誦。

正從右手邊接近與那國島。島周圍的珊瑚礁掀起白色的波浪。中央的綠樹林覆蓋著低矮的山，可以看到玉米田，以及集落住家。

林上尉看著攤開在膝上的海圖，眼前出現很多日本的小漁船。

「解除無線封止！」

林上尉從駕駛座上將手伸向通信機，按下開關。

「通過乙地點。」

郭少尉叫道。

「航向〇九〇。」

林上尉拉起操縱桿，機身稍微上升。接著打開風門，使機翼稍微傾斜，航向向東。

「進入戰鬥空域，各機散開，準備攻擊目標。」

這時四架轟炸6型（H—6IV）解除編隊，各自朝左右散開。

各機機身都搭載了兩枚對艦飛彈C601，共計八枚，看來是必殺攻擊。

對艦飛彈C601為「海鷹」HY—2對艦飛彈的改良衍生型，重量二千五百公斤，射程一一〇公里，為自動駕駛儀活動雷達方式的亞音速巡航飛彈。

『這裡是日本航空自衛隊機，貴機侵犯日本領空，請立刻撤退。重複……』

接收器接收到以日語、英語、中國話發出的警告。

日本空軍機同時對第十四戰鬥機師團的殲擊6型戰鬥機隊發出侵犯領空的警告。

殲擊6型戰鬥機隊採用聲東擊西的方式，進入釣魚台空域。日本稱釣魚台為尖閣列島，視為日本領土。由於日本軍隊會注意到該處，因此中國攻擊隊避開雷達波，以超低空方式在與那國島海域飛行，且似乎未被發現。

根據來自偵察衛星以及己方偵察機的報告，目標已經通過西表島北方的海域，接近石垣島的水道。目標似乎打算逃入石垣島港。

司令部指示的任務是，要在港外擊破目標。目標此時還在洋上，必須在其入港前加以攻擊。

「索敵準備。」

伸出手按下索敵電達的開關，這樣敵人就會收到雷達波，知道自己的存在。

螢幕上映出島影和周圍的艦影。因爲以超低空飛行，因此整個畫面上的海面都反射著波影。稍微拉起操縱桿，拉高機頭，高度慢慢上升，到達雷達波可以掃描到目標的高度。前方一片雨雲，視線不佳。

高度一四〇。

「目標確認！正面方向，距離九十公里。」

郭少尉看著雷達畫面說道。

林上尉也看著雷達畫面，看到兩艘艦影。一艘是日本沿岸警備艦，在其後方的是另一艘驅逐艦「富陽」。

「發現目標！準備對艦攻擊！」

林上尉有點急躁地說道，再度將機頭拉高上升。

「2，了解。」『3，了解。』『4，了解。』

2號、3號、4號機陸續往上飛。

檢查武器配件盤，已經進入攻擊形式，即將使用對艦飛彈。

「目標『富陽』，準備發射第一次攻擊飛彈。」

林上尉手握著飛彈發射板，郭少尉覆誦著。

「發射！」

同時從右翼下方看到有對艦飛彈C601鈍重的機體緩慢離開。飛彈立刻點燃，噴射出白煙，往前飛翔。

「發射！」『發射！』

同志機陸續發出對艦飛彈。

林上尉確認之後，掉轉機頭，將航向改為南方。接著四枚飛彈朝著目標飛去。

「盤旋待命！」

林上尉對著無線通話器叫道。只要四枚中有一枚命中，任務就結束了，但是如果目標逃離，就要儘可能在射程內掌握目標，因此必須在空中待命。

四枚對艦飛彈已經開始下降到海面附近，留下白色噴煙的航跡，一齊往西邊衝去。

7

驅逐艦「富陽」在巡視艦「下佳」的後方緩緩航行，其上方有「下佳」的直升機飛行。

日方的聯絡官吊在後部甲板上。

『艦長，敵人飛彈急速接近！方位二七五，距離二十，超低空飛過來。』

CIC室的報告。

艦橋上的藍艦長看著副艦長葉上尉。已經進入日本領海內，但中國空軍機還是要發動攻擊嗎？

「準備對空飛彈戰鬥！」

艦橋周邊一陣騷動。

「通信士！趕快通報日本巡視船敵人飛彈來襲！必須緊急閃躲。」

通信士拿著傳話器覆誦。

很快地，聽到兩門一二七釐米砲二聯裝砲猛然的砲聲，發射音震動著艦橋的防彈玻璃。雖然肉眼很難看見，但飛彈已經進入射程內。

「八點後方，敵人飛彈！」

偵察員叫道。

「左滿舵，加速！」

聽到覆誦聲。藍艦長從艦橋用望遠鏡看向八點後方。以時速七節的速度，無法敏捷躲開，但也不願就此成爲敵人飛彈的目標。

聽到引擎快速運轉的聲音，但速度無法加快。

「機械室聯絡艦橋。速度不能再加快了，不到十分鐘引擎就會燒掉。」

「没關係，讓引擎盡量運轉。」

「了解！試試看。」

藍艦長看著巡視船。巡視船並未展開閃躲運動。

「敵機四架，距離九十，飛彈好像是C601。」

聽到CIC室的緊張聲音，藍艦長大吼道：

「準備發射煙霧彈！」「準備發射煙霧彈！」

藍艦長看著操舵員的方向，很難掌握發射煙霧彈的時機，不能太快也不能太慢，煙霧彈雲一定要被敵人的雷達抓住才行。

『飛彈接近！距離八。』

藍艦長大叫道：

「連續發射煙霧彈！」

聽到艦橋旁的煙霧彈不斷發射的聲音，銀箔在空中擴散，覆蓋住船艦。這段期間內一定要躲避開才行。

「右滿舵！全速前進！」

覆誦聲隨之而起。船艦大度傾斜，鑑首朝右旋轉。

通信士大聲報告道：

「巡視船發出警告！島沿岸附近有暗礁，警戒航路！」

「了解，回答感謝他們的警告。」

煙霧彈雲擴散在左舷，在陽光下閃耀著光輝。

二座二十釐米ＣＩＷＳ自動感應到敵人飛彈的接近，轟然開火，發射音震耳欲聾。

藍艦長衷心祈禱，能夠將飛彈擊落。

「飛彈接近！」

傳來ＣＩＣ室的告知。

8

「來自『富陽』的緊急通知。我們遭受飛彈攻擊，對艦飛彈接近中。」

巡視船「下佳」的艦橋，瀰漫著緊張的氣氛。

「通信士，警告國籍不明的侵犯機，停止對在我國領海內船舶的攻擊。」

船長大塚二等海上保安監，從艦橋看到驅逐艦「富陽」拼命發射煙霧彈，製造銀箔雲，閃躲飛彈的情形。前後甲板的兩門一二七釐米砲和二十釐米CIWS，連續發射砲彈。發射音震動周圍的空氣。

「通信士，緊急聯絡，向航空自衛隊求救，快點！」

「了解！」

「拍電報給海上自衛隊，說明『富陽』遭國籍不明機攻擊，請趕緊支援！」

「立刻拍電報！」

通信士緊張地說道。

艦橋的海上保安官們看到真正的作戰，都爲之愕然。

砲手長美濃部一等海上保安士大聲叫道：

「對空機槍發射準備完畢！」

大塚船長點頭道：

「很好，發射飛彈，立刻射擊！」

大塚船長命令美濃部砲手長。已經就槍座位置的要員，將多槍身機關槍方向朝向國籍不明機的方向。

通信士用手捂住戴在耳邊的接收器，叫道：

「船長，侵犯機沒有回答！」

「反覆警告，用中國話、英語、日語、俄語，什麼都可以，一定要教敵人回答！」

大塚船長焦躁說道。

「看到多架飛彈機影迅速接近中。」

雷達人員報告道。大塚船長緊抿嘴唇。

「方位呢？」

「七點後方！掠過海面飛過來！」

艦橋上的幹部們趕緊跑到艦橋。

大塚船長覺悟到，此時已無可奈何。飛彈目標雖是「富陽」，但自己的「下佳」奉命護衛「富陽」，因此絕不可坐視其遭受攻擊而不顧。

配備在前甲板的二十釐米多槍身機關槍，已經發出高亢的發射音。

演習時並沒有對空戰鬥的訓練，而且目標是飛機。他們從來沒做過飛彈演習。

理論上，只要張開機關槍彈的彈幕，飛彈衝入其中時，就可將其擊落。成功率只有千分之一或二，但還是要試試看。

通信士叫道：

「十一管區本部下達緊急命令。全力保護李登輝總統的安全，護衛『富陽』，誘導它平安無事地到達石垣港。」

「什麼時候了還說什麼！我一定會這麼做的！」

大塚船長有些氣憤。因為戰鬥艦級的驅逐艦「富陽」，怎麼可能讓只有微弱對空裝備的巡視船保護？

「空中自衛隊怎麼樣？會不會來？」

「空中自衛隊緊急機隊已經飛向這裡，美國軍機也趕來救援。海上自衛隊也朝這裡出發。」

通信士叫道。

「船長！飛彈……」

一等航海士久元一等海上保安正放下望遠鏡，手指著拼命展開閃躲運動的「富陽」。

小小黑色的飛彈在「富陽」前彈跳起來，穿過銀箔雲，就要衝入「富陽」中。剎時，二十釐米CIWS機關槍彈擊中飛彈，飛彈粉碎裂開。四散的飛彈破片衝入海面，濺起水花。

第二枚飛彈又彈跳而來。「富陽」發射煙霧彈想要躲藏在銀箔雲中，但是動作緩慢。

飛彈閃躲二十釐米CIWS的煙霧彈，衝入銀箔雲中，撞擊到「富陽」艦尾，爆炸了。

「富陽」艦尾的甲板被撞了個大洞，冒出黑煙。

船的速度更慢了。「富陽」響起損害控制的警鈴，拿著水管的水兵在甲板上拼命滅火。

接著第三枚飛彈衝入銀箔雲中，撞擊到海面上，掀起高高的水柱。

「未爆彈！」

久元航海士鬆了一口氣。飛彈並未爆炸。

第四枚飛彈又彈跳起來，打算衝向「富陽」。

「富陽」二十釐米CIWS的機槍彈集中在這枚飛彈上。

飛彈上半部被擊落，但剩下的部分衝入「富陽」艦橋基部爆炸。

「畜生！」

大塚船長手上都冒汗了。

雖然張開了銀箔彈雲，但是「富陽」的閃躲似乎太慢，因此無可避免地，飛彈一定會衝入。

「好，左滿舵！全速靠向『富陽』舷側！」

大塚船長命令操舵員。

「不行，這樣本艦可能會遭受飛彈攻擊。」

久元一等航海士臉色大變地說道。

「沒關係。一定要保護『富陽』！這是本部的命令。」

「知道了！操舵員！左滿舵！」

「左滿舵。」

操舵員覆誦道，轉動操舵輪。

「全速接近『富陽』舷側。」

聽到覆誦聲。大塚船長大叫道：
「全員就緊急位置！敵人要攻擊了！」
緊急警鈴響起。
巡視船「下佳」乘風破浪，急速接近快不行了的「富陽」舷側。
「減速！微速前進。」「減速！微速前進。」
大塚船長估計狀況叫道。
巡視船「下佳」接近「富陽」舷側，並排前進。
「富陽」艦橋趕緊亮起信號探照燈，以一明一滅的信號表示「貴艦不要管我們，立刻閃躲」。
大塚船長大叫道：
「通信士！以緊急國際救難線路通告侵犯機，告訴他我們是JMSA（日本海上保安廳）巡視船『下佳』，要他們立刻停止攻擊。對在我國領內的船舶攻擊，就是對我國攻擊，要他們立刻停止攻擊。」
「了解！立刻通知。」
通信士立刻回答道。

9

轟炸6型轟炸機隊以高度位置，在與那國島北方海域盤旋。

「電子偵察機報告，『富陽』受損，但依然在航行中。」

航空士按著接收器說道。空中早期警戒機可以從高高度確認攻擊成果。

「怎麼回事！」

林上尉看著雷達畫面大叫道。四枚飛彈已經消失，「富陽」卻進行閃躲運動，依然航行著。

「『富陽』還在。電子偵察機通告，一枚擊中艦尾，一枚似乎擊中艦橋，但不知是未爆還是怎麼回事，總之未造成損傷。」

航空士在座艙後方說道。林上尉立刻下決定。

「發動第二次攻擊。」

各機應答。

耳機傳入早期警戒機的通報。

『敵機編隊接近！方位〇六〇，距離一二〇，以馬赫二速度快速接近中。』

幾乎就在同時，接到用英語和中國話傳來的警告。

『這裡是日本航空自衛隊機，警告侵犯機，立刻停止攻擊。重複……』

在日本空軍未到來之前，一定要發射對艦飛彈。

「準備對空接近戰鬥。」

林上尉命令組員。

轟炸6型在機身背部和尾部搭載了舊式對空槍座，並無空對空飛彈，但若對敵機發動接近攻擊，就還能充分應戰。

「各機準備進入攻擊狀態。」

林上尉放倒操縱桿，停止盤旋。機頭對準目標方向，採取水平飛行。

「目標一樣是『富陽』，這次一定要擊中。」

林上尉對各機下達指示。轟炸士看著映像機叫道：

「機長，日本巡邏艦接近目標，目標和日本巡邏艦艦影重疊，很難區別。如果發射飛彈，可能會擊中日本巡邏艦。」

「什麼？」

林上尉看著雷達映像機，的確，兩個艦影重疊。

林上尉想起司令部的暗號指令。如果有阻礙攻擊的第三國的艦船或飛機，就以實力排除掉。

「没辦法，就將日本艦船和目標一起擊沈吧！」

林上尉告知。高度下降，接近白浪濤天的海面。

「距離目標九四。」

充分進入射程內。林上尉看著索敵雷達説道：

「準備發射飛彈！」「準備發射！」

郭少尉將飛彈發射桿的安全罩打開。對艦飛彈的彈頭感應器發出電子音，表示已經鎖定目標。

「發射飛彈！」「發射！」

郭少尉拉起發射桿。機身突然變輕，飛彈落下，立刻點火，冒出白煙。飛彈往前方衝去。

「2，發射！」「3，發射！」……

2號機、3號機、4號機陸續發射對艦飛彈，朝前方衝出。

『敵機接近！趕緊脱離！』

傳來早期警戒機的警告。

「司令部告知轟炸隊，要擊戰鬥機隊已朝這裡而來，趕緊回航。」

基地司令傳來命令。

「好，了解，全機回轉，回航基地。」

林上尉通告各機。他將機翼傾斜，機身大幅盤旋。

10

第八三航空隊第三〇二飛行隊的F－4EJ改良的四架編隊，以馬赫二的超音速飛向與那國空域。

「敵機再度發射對艦飛彈。共四枚，朝向「富陽」而去。」

AWACS的管制官傳來消息。AWACS巡邏當時整個琉球海域。

「收到！」

飛行隊長牧野二等空佐看著映在F－4EJ改良的HUD上的敵機機影，回答道。

畜生！敵人完全無視於我們的警告，再度進行飛彈攻擊。這種不法行爲怎可坐視不管。

牧野二佐隔著座艙，看著左右飛行的己方機。

F—4EJ改良鬼怪，是F—4EJ鬼怪安裝與F—15J老鷹戰鬥機相同的電子裝置等，進行現代化修改，能力提升型的戰鬥機。機身和機翼下搭載了空對空式雷達式飛彈AIM—7F／M麻雀飛彈四枚，紅外線追蹤式飛彈AIM—9L響尾蛇飛彈四枚。

頭上是一片蒼穹，眼前是厚厚的雲海。

高度一萬二千公尺，馬赫二。

馬赫二的超音速飛行，一分鐘大約可以前進四十公里以上。現在距離中國空軍轟炸機隊還有八十公里，立刻就會進入麻雀飛彈的射程內。

『發現敵機編隊，方位二八五，距離一〇〇，是中國空軍J—7戰鬥機隊。敵機數十二架，以馬赫一・八的速度接近中，要密切注意。』

HUD指示新出現的敵機編隊標幟，在閃爍著。在尖閣列島附近空域的敵方戰鬥機隊，察覺到我方展開迎擊，開始護衛轟炸隊。

敵我之比爲十二比四，就機數而言處於劣勢，但是我方還有負責警戒監視J—7戰鬥機隊動態的，佐伯三佐所率領的第二飛行小隊的六架鬼怪戰鬥機尾隨而來。

如果和這些同志會合，則敵我之比就轉爲十二比十，當然F—4EJ改良型具高性能，能充分壓倒J—7戰鬥機。

「ALPHA（A編隊）領隊通知藍塔（管制塔），敵機以飛彈攻擊我方艦船，請允許攻擊敵機。」

『藍塔通知ALPHA，不可攻擊。』

管制官以冷靜的聲音回答。

「同志遭到飛彈攻擊，我們要坐視不顧嗎？」

『不許攻擊。重複……』

「畜生！」

牧野二佐不禁罵出髒話。

聽筒中管制官的聲音都變了：

『我是司令，牧野二佐，我知道你想說什麼，但是還不能攻擊。不到最後關頭，還不能攻擊，知道嗎？這是命令！』

牧野二佐聽到司令大木一等空佐的聲音，還是很生氣，說道：

「直到我們當中有人被幹掉，才能反擊嗎？」

『不是這樣的，在前線身爲指揮官的你感到危險時，判斷是明確的正當防衛時，才可以進行反擊。」

牧野二佐感到很焦躁，說道：

「但是現在飛彈不是對我方艦艇發動攻擊了嗎？」

「那是對「富陽」的攻擊，並非對我方艦船的攻擊。」

「但是這是對我國領海內的艦艇進行不法攻擊，不就視同對我國的攻擊嗎？很明顯已經侵犯了我國主權。」

「我知道，但是還是不能反擊。」

「爲什麼？」

大木一佐以沈重的語氣說道：

「總之，上面指示不可攻擊，我們要忍耐。」

牧野心想，再討論下去也沒有意義了。

「收到。」

牧野二佐立刻結束了這段談話。

接到AWACS的通報。

「目標距離五〇。」

在麻雀飛彈射程內，出現自動攻擊方式的信號。

「領隊告知全機，頻道5。」

牧野二佐將頻道更換爲5號。AWACS管制官通告：

「巡航飛彈接近目標，距離到達時間爲二分三十秒。」

如果飛彈命中巡視船「下佳」的話，也許就可以攻擊了。即使不發動攻擊命令，也必須做好反擊的準備。牧野已經調整好情緒。

「準備對空飛彈戰鬥！」

牧野二佐對著麥克風大吼。

「2！」「3！」「4！」

全機立刻回答。看來部下已充分了解事態的嚴重性了。

「3號（3號機），第二分隊繞到石垣島。」

牧野二佐下達命令。

「3號收到。」「4號。」

3號機的吉村一尉和4號機的内間二尉回答。

兩架鬼怪戰鬥機向左俯衝，脱離編隊。

11

第二護衛隊群的護衛艦DD102「春雨」和DD172「島風」，全速朝向石垣島航行。艦長國松二等海佐在「春雨」的艦橋叉腿站立，瞪著前方的海面。

船艦乘風前行。

第一護衛隊群在巴士海峽附近。由於第二護衛隊群就在琉球海域，因此由第二護衛隊群趕往石垣島。

第二護衛隊群中的「春雨」和「島風」就在石垣島海域附近，因此奉命立刻趕往石垣島。

DD「春雨」是「村雨」型護衛艦的二號艦，是「初雪」型護衛艦的後繼艦，已成爲護衛艦隊中樞泛用的護衛艦。

船型爲平甲板型，後部甲板有直升機起降甲板，除了配備能夠發射對空對潛飛彈的垂直發射型（VLS）發射裝置之外，還首次裝備了當成護衛艦的國產90式艦對艦誘導彈SSM－1B。

船身和上部構造物爲鋼製，採用損害控制、機械自動化系統、新型聲納、新戰衛情報處理裝置ＯＹＱ—７，以及新射擊指揮裝置ＦＣＳ—３等高性能電腦系統，稱爲迷你宙斯盾艦。

基準排水量爲四千四百噸，全長一五一公尺，船寬一七．四公尺，深度一〇．九公尺。引擎主機爲ＣＯＧＡＧ式，燃氣輪機四座，二軸，速力三十節，組員約一七〇人。

主要武器爲短ＳＡＭ海上麻雀垂直發射機（ＶＬＳ）一座，反潛火箭對潛火箭垂直發射機（ＶＬＡ）一座。62口徑七六釐米單裝速射砲一門，對艦飛彈ＳＳＭ—１Ｂ裝置一座，三聯裝短魚雷發射管二座，二十釐米ＣＩＷＳ二座，巡邏直升機ＳＨ—60Ｊ一架。

船頭乘風破浪，白色波浪在前甲板濺起大水花。

在右斜前方十公里處，有同志艦「島風」航行。

同志艦「島風」是「旗風」型護衛艦的二號艦，爲「太刀風」型後繼艦第三代的飛彈搭載艦，引擎主機與「春雨」一樣，採用四座ＣＯＧＡＧ方式的燃氣輪機，因此可以最高速三十節的高速航行。

艦首側配備了對空飛彈韃靼人系統的標準飛彈發射機，五吋單裝速射砲，反潛火箭發射機等。艦橋上部的裝備有飛彈、砲兩用射擊管制用雷達，單體的桅桿上則裝配了三度空間雷達AN/SPS—52C。艦橋兩舷裝備了衛星通信用天線等最新的電子機器。

基準排水量爲四千六百噸，船長一五〇公尺，船寬一六・四公尺，深九・八公尺，船型爲遮浪甲板型，組員三六〇人。

主要武器包括標準飛彈SM—1MR一座，五吋單裝速射砲二門，對艦飛彈魚叉裝置一枚，二十釐米CIWS二枚，反潛火箭發射器一座，三聯裝短魚雷發射管二座，銀箔彈發射機二座。

每次出海乘風破浪，震動艦底的聲響都直傳艦橋。

國松艦長在心裡祈禱，希望還來得及。

敵機發射巡航飛彈已過了四分三十秒，距離大約九十公里，如果巡航飛彈以時速一千公里的亞音速飛行，在五分二十四秒內就會到達目標。

「春雨」和巡視船「下佳」與驅逐艦「富陽」之間的距離，約爲三十二公里，一旦進入射程內，就由同志艦「島風」立刻連續發射標準飛彈SM—1MR，但真的來得及嗎？

標準飛彈SM—1MR射程爲三十八公里，是希望達到HE破片效果的西方標準艦對空飛彈。飛彈會遵從最初指令，被誘導到接近目標後，就會以半自動雷達方式，獨自追蹤目標，加以破壞。

以馬赫三飛行的話，飛行三十公里的距離只要不到三十秒的時間，所以理論上SM—1MR能夠迎擊巡航飛彈。但是在實戰中，理論和計算是不適用的。

『不久就到達SM飛彈會敵時刻。』

CIC室的管制官的聲音透過通話裝置響起。

國松艦長看著隱藏在鉛色雲間的水平線，還沒有辦法看到石垣島。

『一枚爆炸，接著第二枚，衝入，目標依然在飛行！』

從CIC室傳來的聲音，是負責官在大聲喊叫。標準飛彈一旦接近目標，接近信管發生作用，就會引爆。爆炸時，可利用飛彈的榴彈破壞目標飛彈。

但是依發射時機、到達時的天候等各種條件的影響，標準飛彈不見得能百發百中。

「如果從本艦發射SM，應該更能擊中目標。」

副艦長白井一尉懊惱地說道。

「春雨」有短SAM，很像麻雀發射機，但是射程只有十五公里。像這次想要防衛距離三十公里以上的同志的艦船，就無法使用這種飛彈。

『第三枚，擊中！一枚敵人飛彈消失了。』

國松艦長看著副艦長白井一尉。

巡航飛彈剩下三枚，SM連續發射了八枚。

『第四枚、第五枚！擊中一枚目標！』

CIC室的管制官就像實況轉播似的叫喊著。

「艦長！來自『霧島』的緊急聯絡。」

通信士大叫道。「霧島」是第二護衛隊群旗艦。

「報告吧。」

「好像中國艦隊的艦船侵犯尖閣群島領海，越過國境線，往東朝著先島群島海域前進，希望我艦嚴厲警戒。」

「什麼！中國艦隊的位置在哪？」

通信士讀出位置。國松艦長和白井副艦長一起走向放置海圖的航海長的桌子。航海長用尺指出中國艦隊的位置。

北緯二十五度二十分，東經一二三度三十分。

「中國艦隊六艘，根據巡邏機的報告，都是驅逐艦、護衛艦。第二隊群主力持續對中國艦隊發出警告，全速朝向先島群島海域前進。」

國松艦長看著海圖。以「霧島」爲旗艦的第二護衛隊群主力，在琉球本島西南方，北緯二十六度、東經一二六度附近。

『標準飛彈全彈到達，但是還有兩枚飛彈繼續前進。』

CIC室管制官報告道。

如今只能祈禱「富陽」的個艦防衛能力與幸運程度了。一難過去，又來一難，中國艦隊看來勢必要擊沈李登輝總統所搭乘的「富陽號」。

國松艦長緊咬嘴唇，說道：

「來自隊群司令的命令，貴艦立刻與『島風』一起前進到中國艦隊的前方，阻止其前進，警告其再次侵犯我國領海，要求退到領海外。隊群主力進行支援援護。」

通信士傳達全部的命令。

12

巡視船「下佳」想以自己的船身，庇護瀕臨死亡的驅逐艦「富陽號」停船。船上降下高速警備救難艇，就靠在「富陽」舷側。

貝爾212中型直升機懸停在「富陽」上空。

「趕緊請李登輝總統一行人搭乘救難艇和直升機，到島上緊急避難。」

大塚船長命令通信士。這時艦橋上的偵察員大叫道：

「船長，八點後方，飛彈接近！」

畜生！飛彈又來了！

聽了偵察員的報告，大塚船長凝視著灰色的海面。

看到超低空飛翔的兩個物體。先前海上自衛隊的護衛艦擊落了四枚中兩枚的巡航飛彈，還有兩枚巡航飛彈飛了過來。

「船長，再這樣下去，飛彈會衝向本船。」

副長大吼著。但即使現在把船駛開，如果被巡航飛彈盯上，也無法脫離。

在右舷的驅逐艦「富陽」看來無法航行，已經停船了。

艦橋附近和艦尾的大洞不斷冒出黑煙，組員拚命滅火。

另一枚飛彈一旦攻擊的話，一定會將「富陽」擊沈，到時在船上的李登輝總統一行人，恐怕就要和船一起沈入大海了。

「不要動，就這樣子保護『富陽』！」

「但是，船長！部下的生命……」

副長還是很焦急。

「没辦法，這是命令。就緊急位置！」

船長下達命令後，警報響起。

「富陽」的兩枚一二七釐米砲和二十釐米ＣＩＷＳ猛然朝向海面掃射，形成彈幕。巡視船「下佳」的二十釐米多槍身機槍也拼命發射飛彈。

越過「下佳」船身的「富陽」的砲彈拖著曳光彈的尾巴，飛行而去。

兩枚巡航飛彈在這時就像蛇一樣，突然抬頭似的從海面急速上升。

飛彈彈跳起來！就在這間不容髮之際，二十釐米ＣＩＷＳ的機關砲彈擊中一枚飛彈，彈體粉碎。彈體的破片濺起水花，散落在海面上。

而另外一枚飛彈就好像電影的慢動作畫面似的，以緩慢的速度衝向在「富陽」舷側的巡視船「下佳」。

大塚僅抓著艦橋的扶手。

耳邊聽到轟然巨響。巨大的爆炸聲遽然侵襲「下佳」的船腹。

船體從海上彈起，大幅搖晃，爆炸的風暴擊破艦橋橋面，艦橋的强化玻璃被擊個粉碎。

哀嚎聲此起彼落。大塚船長被撞擊在艦橋壁上，昏了過去。

他感覺到左手和右腳一陣刺痛。左手臂折斷彎曲，右腳被爆破的破片深深刺入，冒出鮮血來。

大塚船長倒在船板上。久元航海士跑了過來，用止血帶綁大塚船長的右腳。

「急救隊！有人受傷了，快來！」

久元航海士大叫道。

「不要管我，先顧船，控制損害！快點！」

大塚船長也大叫道。艦橋上爆開大洞，冒出猛烈黑煙，噴出火來。這時汽笛也響起了。

消防隊員拿著滅火器，衝入艦橋，開始噴灑滅火藥。拿著滅火水管的一行人跑了過來，對著火源噴海水。

急救隊員跑過來，將生存者抬出艦橋外。

大塚船長手扶著操舵輪，站了起來。甲板上躺著沾滿鮮血的操舵員和通信士。

「報告損害狀況！」

久元航海士用傳聲管對機械長叫著：「報告損害狀況。」

『機械室浸水，船腹受損無法修理，海水不斷侵入，請求支援！』

機械長大吼道。大塚船長對著久元航海士大叫道：

「趕緊支援機械室！」

「知道！」

久元航海士跑出艦橋，對在甲板的部下大吼著：「到機械室支援！」

大塚船長靠在艦橋窗邊，向久元航海士問道：

「『富陽』呢？」

「平安無事，避開了飛彈攻擊！」

有人鑽進艦橋來，是台灣海軍的水兵。水兵和「下佳」的船員一起開始放水。

急救隊員將擔架抬來，打算帶走大塚船長。

「我沒關係，趕快把那些倒下的人帶走。」

「但是你的傷……」

「沒關係。這是命令。」

大塚船長用手指著沾滿鮮血，倒在地上的部下們。急救隊員抱起倒下的操舵員，用擔架抬走了。

機械部又傳出爆炸聲，船體向左傾斜。從艦橋橋面下冒起的火焰，暫時被滅掉了。負責滅火活動的水兵和組員們，手拿著水管跑到下層甲板去。

直接受到飛彈攻擊的船艙附近，似乎火還沒滅掉。

「久元航海士，你下去看看。」

「知道。」

久元航海士跑下舷梯。大塚船長從艦橋窗户看著在右舷附近的「富陽」。驅逐艦「富陽」的前甲板和艦橋屋頂上，聚集了幾個人。在其上空盤旋的直升機陸續將諸位重要人物吊上去。

『機械室報告船長，浸水無法停止，要關閉機械室。』

傳聲管傳來機械長悲痛的聲音。

「好，全員離開機械室！」

大塚船長命令道。

『離開！』

『命令離開！離開！離開！』

機械室吵鬧的聲音透過傳聲管傳來。

大塚船長搖搖晃晃地站著。

前去查看下方船艙狀況的久元航海士跑回來。

「船長，下方船倉包括機械室在內，全都已經浸水了，因此火勢減弱，本船恐怕必須沈没了。」

「是嗎？」

大塚船長靠在艦橋的雷達裝置旁。「下佳」的船身大幅傾斜。

「有很多死傷者。只好棄船，全部離開。」

「好，全部離開，放棄本船。」

「全部離開。」

久元航海士向大塚船長敬禮，爬上已經傾斜的船面，按下命令緊急離開的警報。

通知全員緊急離開的警報聲斷續響起。紅色的警告燈一亮一滅，通知全員離開。

「全員離開！全員離開！」

久元航海士以船內擴音器大叫道。

進行滅火行動組員和「富陽」的水兵們趕緊跑回艦橋。

大家異口同聲地叫其他的人避難。從甲板放下緊急救生艇和小船。

「船長，離開了吧。」

久元航海士想扶大塚船長。

「不，我要守著這艘船直到最後，你們全部離開後，我再離開。」

「但是——」

「這是命令，你們先離開。」

久元航海士扛起旁邊沾滿鮮血的受傷者，走向舷梯。

這時，大塚船長發現有人站在驅逐艦「富陽」的艦橋上。穿著「富陽」艦長軍服的士官看著這邊。

站在「富陽」艦橋的軍人以立正的姿勢向大塚船長敬禮。大塚船長也慢慢地將右手舉到額頭答禮。答禮結束之後，大塚船長整個人倒在地上。

在朦朧的意識中，好像聽到有人跑上舷梯的腳步聲，還有久元航海士的聲音。

「船長，振作點！」

「船長！」

「把船長抬走！把其他的受傷者抬起！」

大塚船長覺得好像有人扛著自己的身體，接著眼前一暗，昏了過去。

13

貝爾212中型直升機螺旋槳的聲音震耳欲聾，在驅逐艦「富陽」的上空飛舞著。李登輝總統看著燃著黑煙和火焰的船身，即將沈入湛藍的海中。

『總統，日本的ＭＳＡ警備艦沈沒了。』

旁邊的劉仲明特別顧問透過耳機對李總統說道。

李登輝總統點點頭，說：

「做得太棒了！衷心感謝『下佳』的組員和日本政府。」

警備艦放下救生艇，組員們陸續搭乘救生艇。白色的船身破裂爲兩半，船頭和船尾部分開始沈没。

没有搭上小船的組員跳向船的周邊，拼命游泳，希望逃離沈船的漩渦。

驅逐艦「富陽」也是半死半活的樣子，勉勉强强浮在海面上，水兵們放下救生艇，救回落海的日本警備艦組員。

劉仲明特別顧問向沈没的警備艦敬禮。李登輝總統也將手按在胸前，行注目禮。

如果没有日本的警備艦「下佳」做爲盾牌，靠在「富陽」舷側，現在沈没的應該是驅逐艦「富陽」。李登輝總統對於日本這種勇敢的行爲，衷心表示感謝。

一旁的行政院院長呂玄不斷擦拭汗水，和李登輝總統一起默禱。

『走吧。』

日本飛行員用英語説。同時，直升機在「下佳」和「富陽」上空盤旋之後，掉轉機身，掠過海面，朝向石垣島飛去。

先前上空有兩架噴射戰鬥機的黑色機影，也陸續離去。

李登輝總統訝異地看著那兩架戰鬥機。不知是哪裡的戰鬥機，灰色的機身是台灣空軍沒有的戰鬥機種。

『日本航空自衛隊的鬼怪戰鬥機。』

劉仲明特別顧問推起太陽眼鏡，如此說道。而這時也清楚地看到，戰鬥機的機身印的紅色的日本國旗。

「是要護衛我們嗎？」

行政院院長呂玄高興地說。劉仲明特別顧問側著頭回道：

「若是這樣就還好……現在還不能安心，因為日本是否支持我方作戰，將是今後勝敗的關鍵。」

李登輝總統心想的確如此。

直升機高度上升，進入有綠色樹林覆蓋的島的上空。眼前看到紅色屋瓦的白色建築物，城中心有白色大樓，也可以看到有遊艇和貨船停泊的港口。

直升機將高度下降，朝海岸平地機場降落。

第二章　第二次琉球海戰

1

『「下佳」被擊沈了。重複，「下佳」被擊沈了。組員多數落海，台灣海軍驅逐艦「富陽」也受損嚴重，冒著黑煙，燃起火焰。』

3號機的吉村一尉興奮地說道。牧野二佐按壓怒氣，說：

「3號、4號，立刻與本隊會合。」

『收到！』

吉村一尉回答。

畜生！誓報此仇，絕不能讓他們逃走。

牧野二等空佐看著映在雷達螢幕上的中國空軍轟炸機的機影。

「2號，準備發射飛彈！」

『收到！』

2號機齋藤二尉回答。

按下風門的武器開關，選擇中距離AIM—7F/M麻雀飛彈。

眼睛看在正面儀表板上的ＡＮＭＩ。

雷達範圍爲八十海里（約一四八公里），所以在八十海里以內的目標可以用雷達捕捉。目標記號在地平線桿下方。由於敵我識別（ＩＦＦ）沒有回答，因此只有黑色斑點。

使用風門的目標指示控制，移動捕捉象徵，夾住目標象徵，按下風門開關。鎖定！

自動進行目標資料計算，而且表示在ＡＮＭＩ畫面的左上角。

目標爲時速六百節（約一千八十公里），方位角三〇〇，正在飛行中。目標高度一萬八千一百呎，距離二十二海里（約四十公里）。

目標已經進入飛彈最大射程內，也充分進入機動目標的飛彈射程內。

牧野二佐對著無線麥克風說道：

「ＡＬＰＨＡ請示藍塔，請允許反擊。」

『藍塔通知ＡＬＰＨＡ，暫時不可反擊。』

「你說什麼？難道要坐視我方的巡視船『下佳』被擊沈而不管嗎？」

『重複，司令部還不允許反擊。』

管制官回答道。

牧野二佐非常生氣，敲打著座艙的防風玻璃，叫道：

「爲什麼不允許？如果不允許，我請求詢問上級團司令部。」

牧野二佐焦躁起來。第八三航空隊司令屬於西南航空混成團司令部麾下。

『不可以。』

「我要這麼做。」

牧野二佐大叫道。

已經沒時間蘑菇，在這期間內，目標可能逃往大陸方向了。

管制官聲音變成大木司令的聲音：

『我是司令，ALPHA領隊，不管詢問何處，都不可以攻擊，這是命令，不要反擊，你要自重。』

「難道就看著，『下佳』被擊沈而坐視不顧嗎？」

『是的，這是沒辦法的事，上面有他們的見解，如果任意出手，也許會使日本將來的方向錯誤，你要負這個責任嗎？』

牧野二佐看著雲海，整個編隊在朝陽下被染紅了。

「我知道了，我會放棄反擊。」

『這樣很好。繼續警戒領空侵犯機。』

「收到。」

牧野二佐嘆息，切斷了無線通話線路。

這怎麼一回事呀！難道要逃走嗎？這麼軟弱，難怪被中國欺負。

如果不能毅然決然地保護領海的安全，那麼憑什麼當自衛隊？

「ALPHA（A編隊）解除攻擊隊形。」

牧野二佐命令部下，部下們勉強强地回答。

這時接到AWACS傳來的警告：

『緊急警告！敵人飛彈接近！敵人飛彈接近！』

同時，雷達警戒收信裝置（RWR）掌握到威脅雷達波，令人不舒服的電子警報音響起。

HUD的「飛彈接近」警報閃爍不停，中央電腦立刻將接近中的飛彈的種類、方位、距離，清楚地表示在HUD上。

方位二八〇、，距離二十一海里（三十八公里），以馬赫二急速接近中，是半自動雷達式飛彈。

距離逐漸接近。AWACS管制官通告：

『飛彈是由中國空軍戰鬥機隊飛射的，立刻迴避。』

攻擊鐵則是制敵機先，中國空軍竟然在我方放棄攻擊時，先出手了。

螢幕上顯示出敵機的資料。

J—7Ⅲ（殲擊7型Ⅲ），舊蘇聯製米格21，由中國加以改良發展的新銳機。飛彈爲SAR方式PL—5、IR（紅外線追蹤）式PL—5，以及改良型PL—7各一枚，另外搭載了中距離飛彈PL—10一枚，總計三枚。

「ALPHA飛行隊，進行空中戰！」

牧野二佐對著麥克風大叫。他按下風門的武器按鈕，攻擊方式自動變成中距離飛彈攻擊方式。

HUD顯示兩個編隊接近。

敵我識別裝置發揮作用，兩個編隊中，前方的編隊沒有應答，是發動攻擊的J—7Ⅲ戰鬥機隊。

「敵機！一點上方，飛彈攻擊！」

同志機用無線電傳來消息。如果忙於操作，無法回答，飛行同志之間約定，要使麥克風發出聲響，傳達「了解」的訊息。

「高度上升到三萬呎。」

機身傾斜，一氣呵成上升，機頭對準J—7Ⅲ戰鬥機隊。

高度三萬呎（約九一四四公尺）。

看到二號機到達斜後方。

利用捕捉訊號，夾住目標訊號敵機編隊中的一架，按下風門按鈕。

雷達鎖定。

ＡＮＭＩ畫面上出現資料。

距離目標二十海里（約三十六公里），ＨＵＤ表示進入射程範圍內的燈亮起，目標以馬赫一以上的時速七百節（約一二九六公里），朝正面衝過來，高度三萬一千呎（約九四四八公尺）。

「發射！」

牧野二佐毫不猶豫地拉起操縱桿的發射桿。

機翼下方有兩枚麻雀飛彈陸續脫離，機身立刻變輕。

「發射！」

接著是第二枚。

脫離機身的四枚麻雀飛彈燃起火焰，拖著白煙尾，朝前方的虛空飛去。

到達目標時間三十五秒。

麻雀飛彈成爲半自動雷達誘導方式，因此，必須從正面讓目標籠罩在雷達波面三十五秒，才能捕捉目標。

隊機的二號機也發射出四枚麻雀飛彈。冒著白煙的八枚飛彈一起朝向目標衝去，非常壯觀。

警報聲持續響著，敵人的飛彈繼續接近。

「扔掉副油箱!閃躲！」

『二號！』

齋藤二尉回答道，同時扔掉了副油箱。

副油箱從機翼下不斷旋轉掉落。

牧野二佐的飛機和齋藤的飛機不斷朝左右閃躲。

牧野二佐持續將雷達波照射在敵機上，然後提高高度。

同時朝前方發射數枚煙霧彈。煙霧彈爆炸，銀箔雲擴散開來，藉此擾亂敵人的自動雷達。

牧野二佐急速上升旋轉，趕緊閃避，以免被銀箔雲吸入，剎時間與銀箔雲落在後方。

恢復水平飛行後，他將機頭對準飛彈飛來的方向。

「來吧！」

牧野二佐舔舔舌頭，輕輕握著操縱桿，隔著HUD，瞪視空中。

如果看到圓形飛來的飛彈彈體，朝著自己猛衝過來時，在衝過來之前必須閃躲才行。如果稍微看到飛彈彈體的側面，則表示自己不是飛彈攻擊的目標。

「藍塔呼叫ALPHA，請回答！」

牧野二佐不願回答。

當然不能回答，現在正是生死一瞬間的時刻。

飛彈接近了，警報聲更大，顯示在HUD上的飛彈距離愈來愈小了。

前方看到飛彈的黑色斑點，目測有四個，正急速迫近。

看到三個彈體的側面，一個爲圓形，正要攻擊自己！

和飛彈交錯的瞬間，牧野二佐踩了踏板，將操縱桿拉向側面，三六〇度旋轉傾斜後，急速下降。

飛彈身影在機身斜上方閃過，在背後炸開，接近信管作動。

機身隨爆風搖晃，牧野二佐拉起操縱桿，點燃燃燒器，將風門全開，急速上升。

隔著座艙罩，看到衝入煙霧彈雲中的飛彈也陸續爆炸了。

「ALPHA，我是塔台，聽得到嗎？」

管制官的聲音又響起。

「聽到。」

牧野二佐回答道。管制塔的管制官大叫道：

『受到攻擊了嗎？』

「正和敵機交戰中，想向司令報告。」

管制官的聲音變成大木司令的聲音。

『報告狀況。』

「敵人用飛彈攻擊我們，敵人攻擊我們。」

『好，知道了，允許反擊，ＢＲＡＶＯ（Ｂ編隊）也受到敵人的攻擊，正在交戰中。責任由我負，如果遭到攻擊，就和ＢＲＡＶＯ一起徹底擊潰敵人。支援的飛行隊已經出擊了，正向你們那裡飛去。』

「收到。」

牧野二佐呼叫齋藤機，看著周圍，擔心他是否平安無事。

「2號？」

牧野二佐叫著齋藤機。

『2號。』

聽到很有氣力的回答聲。接著又有其他無線電聲音傳入。

『ALPHA1，3號正追上你。』

『4號！』

接到3號、4號機在後方趕上來的通知。

「3號、4號，準備空中戰！」

『3號！』『4號！』

不久之後，就是麻雀飛彈到達時刻。從剛才就開始照射雷達波，相信麻雀飛彈一定可以衝進敵機的編隊。

「擊落！」

齋藤二尉大叫道。可以看到遠方的麻雀飛彈陸續爆炸。

三架飛機的機影從雷達螢幕上消失，原本十二架的敵機編隊，現在只剩九架。

利用武器按鈕，選擇短射程飛彈攻擊方式，雷達範圍變成二十哩、方位一二〇度的搜索方式。

『BRAVO（B編隊）呼叫ALPHA。』

牧野二佐從耳機中聽到佐伯三佐的聲音。

「ALPHA。」

他同時看著顯示在雷達螢幕上的B編隊機影。

「支援！」

「收到。」

與敵人距離五海里（約九・二六公里）。

高度爲三萬二千呎（約九四四八公尺），以馬赫一・五的速度飛來，不久之後，就進入射程內。

「ALPHA，檢查燃料剩餘量。」

牧野二佐檢查燃料計。

『2號，17（一七〇〇磅）。』『3號，14（一四〇〇）。』『4號，13（一三〇〇）。』

聽到部下的回答，燃料都還足夠。

「上升到三萬三千呎。」

他拉起操縱桿，燃燒噴射器，開始急速上升。

高度三萬三千呎（約一萬公尺），恢復水平飛行。在敵機上空的位置，太陽從背後照來。

「準備接近格鬥戰！」

武器儀表板顯示已經進入射程飛的AIM—9L響尾蛇飛彈的攻擊方式。

ＡＩＭ—９Ｌ響尾蛇飛彈是紅外線追蹤方式的誘導彈，射程八公里。

操縱桿的雷達搜索方式切換爲ＳＳ，雷達範圍變成十哩，搜索範圍成爲在ＨＵＤ的高度與速度範圍間的視野範圍。ＳＳ方式會自動鎖定起始範圍內的目標。

與敵機距離四海里（約七・四公里）。在ＨＵＤ中央出現ＡＳＥ圈，表示表明目標的天線。

鎖定。在射程範圍內的表示出現在ＨＵＤ上。幾乎就在同時，雷達警報裝置的電子音響起。

看來敵機也準備發射接近戰用的短射程飛彈。

「開始攻擊！」

『２號！』『３號！』『４號！』

牧野二佐的手指抵住操縱桿的發射按鈕，等待響尾蛇飛彈捕捉到敵人放出的紅外線電子信號聲。

「來吧！」

牧野二佐大叫道。

2

畜生！誓報此仇。

顧中尉隔著座艙罩，看著被敵人飛彈擊落的同志機，緊咬著嘴唇。

爆炸的飛機在空中解體，拖著黑煙尾，衝入雲海中。

南京空軍戰鬥機師團第二八飛行連隊第三飛行隊的殲擊7型戰鬥機隊，已經減少爲九架，不能再拖了。

「隊長機通知全機，支援同志，要盡全力！」

日本空軍是不容忽視的敵人，原以爲一定會擊中而發射的PL—10，都沒有擊中對方的飛機。PL—10是中國開發的半自動雷達追蹤式的中距離飛彈，射程十五到二十公里。

「敵機！十二點上方。準備格鬥戰！散開！」

隊長機的聲音透過無線電傳來。

「了解。」

顧中尉對著麥克風回答。他將操縱桿稍微倒向編隊，解散後各自飛開。4號機的鄒少尉也跟在後方飛行。

剛上升的太陽從正面照過來，敵機編隊則背向陽光，朝這裡飛過來。太刺眼了。突然，威脅電磁波感應裝置發出尖銳的電子聲。

敵人火力管制裝置雷達已經追蹤到自己的機身，敵人打算發射飛彈了。

被鎖定了！

「4號，閃躲！」

顧中尉將操縱桿放倒，讓機身旋轉，同時急速上升，頭彎成G字型。

他在空中不斷旋轉，利用氧氣吸入器吸入氧氣。

高度一萬三千公尺，機體恢復水平飛行。在外部氣溫較低狀況下，座艙罩的接縫附著了白霜。

鄒少尉的飛機也在稍後恢復了水平飛行。

利用索敵雷達捕捉敵機。顧中尉確認了方位，隔著座艙罩，看著前方的虛空，瞥見在陽光照耀下的敵機機影。

「目視敵機！一點方向，發動攻擊。」

『了解，了解。』

手伸向武器儀表板，按下短射程飛彈的按鈕。

殲擊7型除了已經發射的PL—10一枚外，兩翼端還裝備了短射程飛彈PL—5。

PL—5是前蘇聯製K—13短射程飛彈的改良發展型飛彈。K—13原本是台灣空軍F—86F佩刀戰鬥機發射的未爆彈AIM—9B響尾蛇飛彈，被中國空軍捕拾，由蘇聯複製而成。

PL—5包括紅外線追蹤式、半自動雷達追蹤式兩種，可以追蹤敵機引擎釋放出來的紅外線飛彈，但射程只有三公里，非常短，如果不繞到敵機後面，命中率不佳。

通常會同時發射兩種PL—5，至少讓其中一枚命中敵機。

聽到電子警戒聲響起，雷達映像機映出幾個斑點，四枚飛彈急速接近中。

「飛彈！散開，發射火焰彈！」

顧中尉看著飛彈飛來的方向，對著麥克風大叫。聽到4號機鄒少尉的回答。

原來是紅外線追蹤方式的響尾蛇飛彈。

他迅速下降，朝背後發射欺瞞彈火焰彈。火焰彈冒出紅色火焰燃燒著。

同時拉起操縱桿，急速上升，身體成G字型，覺得血液衝到了頭頂。

顧中尉翻轉之後變成背面飛行，看到吸入火焰彈的飛彈爆炸，鬆了一口氣，笑了起來。

敵機在哪?他隔著座艙罩，看著周圍的天空。

「3號，敵機在你後面。」

聽到鄒少尉的大叫聲。

在哪裡?他仍然維持背面飛行，看著下方。鄒少尉機不斷閃躲，拼命追擊，背後則跟著敵機鬼怪。

「3號過去了。」

顧中尉讓飛機做三六〇度旋轉，逼近鬼怪戰鬥機的後方，看到鬼怪小機翼上的紅色太陽標誌。

還無法用機槍彈。雖然照射雷達了，但敵機動作太迅速，無法鎖定，即使鎖定，也會立刻逃脫。

鬼怪似乎已經察覺到自己的追蹤。雖然鄒少尉機不斷追趕，但它卻不斷朝上下左右旋轉。

畜生!真是狡猾。

突然，鬼怪機有兩道白色噴煙朝前方噴出，發射出飛彈。

「3號發射火焰彈!」

顧中尉大叫道。剎時，鄒少尉機後方的火焰彈發射，一枚飛彈落入火焰彈中爆炸。

總算來得及！

鎖定。

顧中尉按下發動桿的發射按鈕，翼端發射兩枚短射程飛彈PL—5，立刻飛出捕捉獵物，白煙尾朝前方延伸。

另一枚飛彈衝向鄒少尉機。

「閃躲！」

顧中尉的叫聲已經太遲了，飛彈身影吸入鄒少尉機的引擎，接下來的瞬間，鄒少尉機爆炸，尾部彈了起來。

畜生！

敵機往上升，他在背後陸續發射火焰彈。

IR方式PL—5落入一枚火焰彈中，爆炸消失，但另一枚SAR式PL—5繞過了火焰彈。

去吧！把他擊落下來！

顧中尉讓飛機上升，即使飛彈沒擊中目標，也可以讓對方嚐嚐三十釐米機關砲彈的滋味。

敵機反覆旋轉，開始急速下降。敵機似乎知道是ＳＡＲ式飛彈，因此撒開銀箔彈。突然，ＰＬ－５被銀箔彈捕捉到，爆炸消失。

顧中尉反轉，急速下降，終於來到敵機後方。瞄準器捕捉到想要逃走的敵機機影，計算機自動計算距離，定出機關砲瞄準。瞄準器中央的準星對準敵機座艙。

機關砲彈集中在準星處。

「讓你們嚐嚐滋味！」

他扣動扳機。機關砲彈彈出，剎時敵機做三六〇度旋轉，滑向斜側方。顧中尉的機身也朝側面滑動追趕，不斷發射機關砲彈，但並未擊中敵機機身。

敵機急速上升。顧中尉利用這個瞬間，當敵機上升時，將瞄準器的準星對準敵機。

扣動扳機。機關砲彈一連串地發射，吸入敵機鬼怪的座艙內。顧中尉做三六〇度的旋轉，飛過敵機旁邊。

他回頭一看，敵機冒出黑煙墜落了。

「報告隊長機，擊落一架敵機。」

顧中尉向隊長機報告。

這時他感覺到背後有殺氣，一個反轉，看著背後。敵人的機身迫在眉睫。

「糟了！」

他放倒操縱桿，機身失速，墜入雲海，身體成G字型，覺得血液上衝到頭部，眼睛疼痛。

但接著發現敵機也從背後急速下降。

接下來的瞬間，座艙粉碎，機關砲彈將座椅和顧中尉的身體擊裂。

顧中尉落入雲海中，眼前一片茫然。

離開雲海後，眼前是灰色的海，海上有驅逐艦。那是中國海軍的艦艇，這是顧中尉最後的記憶。

3

「擊落！」

牧野二佐大叫道。

周圍沒有敵機。

冒著黑煙的同志機衝向雲海。那是吉村一尉的3號機。

「不能操縱！」

「3號，脫離！」

牧野二佐大叫道。

「脫離！」

聽到吉村一尉的聲音。

吉村一尉的身體連著座位從旋轉的機身中，跳到空中，脫離冒著黑煙墜落中的機身，打開了降落傘。

「藍塔！一機墜落，趕緊救援！」

「藍塔，了解。墜落位置？」

牧野二佐立刻告知座標。

「立刻派救援直升機過去。」

「了解。」

「通報狀況。」

管制官說道。牧野二佐呼喚同志機：

「ALPHA、BRAVO，回答。」

「3號。」「4號。」

陸續聽到回答聲，牧野二佐屏息凝神地聽著。

「BRAVO（B編隊），1。」「2。」「3。」……

A編隊、B編隊總計有二架飛機沒有回答，AWACS管制官收到。

「擊毀敵機九架，剩下的三架已回航，新編隊接近中，方位二八〇，距離二〇〇。」

「唉！」

牧野二佐發出嘆息聲。他檢查燃料計，剩下的燃料只夠回到基地了。

「ALPHA、BRAVO，立刻回航，由DRAGON繼續進攻。」

「收到。」

牧野二佐呼喚同志機。DRAGON是在新田原基地第五航空團第二〇二飛行隊的F—15J戰鬥機隊的暗號名稱。

「ALPHA、BRAVO，回航RTB會合。」

牧野二佐將操縱桿倒向左邊，大幅地迴旋，對準那霸基地，等待同志機前來會合。

4

中國海軍東海艦隊第五護衛戰隊第二十二護衛隊的六艘船艦，將方向對準東南，以時速二五節的高速航行。

以旗艦搭載直升機ＤＤ１１２驅逐艦「哈爾濱」爲主，五艘驅逐艦和護衛艦成半圓形陣形，向前方航去。

艦長岳上校用望眼鏡從「哈爾濱」的艦橋看著白浪濤濤的海洋。在距此十海里的前方成半圓形展開的己方船艦陣容，隱沒在水平線外，看不見了。

「哈爾濱」是０５２型旅湖級的新銳驅逐艦，滿載排水量四二〇〇噸，配備一三〇釐米連裝砲二門，和三七釐米機關砲四門，另外在艦橋前方還配備了法製短ＳＡＭ八聯裝發射裝置，強化對空戰鬥能力。

此外，還有對艦飛彈「Ｃ８０１／Ｃ８０２」發射機一座，對潛三連裝魚雷發射管二座。艦尾搭載了對潛攻擊用「直—９Ａ」型直升機一架。

在前方展開的五艘驅逐艦中，帶頭的ＦＦ５４２「銅陵」和在其左斜後方的ＦＦ

544「四平」，都是搭載直升機型江衛級驅逐艦，是中國海軍最感驕傲的新銳機驅逐艦。

滿載排水量二一八〇噸，對空武器包括「PL—9」型短SAM六連裝的「紅旗61型發射機」，配備在前甲板。此外，還配備了七六釐米單裝砲二門，和三七釐米機關砲二門，對潛武器則是五三三釐米三連裝魚發射管二座。另外，還搭載了對潛搜索攻擊用直升機「直—9A」一架。

在「銅陵」右斜後方的是江湖級I型的驅逐艦「准南」，在其後方的則是旅滬級驅逐艦「湘潭」。在「四平」後方的是江湖級I型驅逐艦「新鄉」。

江湖級I型驅逐艦「准南」、「新鄉」，以及旅滬級驅逐艦「湘潭」，都是舊式艦，配備的武器對艦SSM飛彈，也是HY—2「海鷹」，舊蘇聯製冥河改良型。

這是新舊型艦混雜的艦隊。

在台灣海峽與台灣海軍進行海戰時，東海艦隊第五護衛隊戰隊蒙受極大的打擊，損失了很多的驅逐艦和護衛艦，因此立刻聚集了練習艦隊和預備役艦，編成第二三護衛隊與第三三護衛隊。

第五護衛艦戰隊再編第三三護衛隊，支援在台灣海峽的第四衛護戰隊的第二一護衛隊、第四二護衛隊。

「司令，接到電子偵察機的報告，空軍攻擊失敗。雖然空軍的攻擊使得『富陽』受損燃燒，但是還沒有沈沒，不過已經不能航行，停在石垣島海域附近。」

通信員向艦隊司令錢上校報告。

「是嗎？沒有擊沈嗎？空軍不像聽起來那麼厲害嘛。」

錢司令坐在司令席，看著低垂的雨雲。岳艦長放下望遠鏡，向通信員詢問道：

「沒有接到擊沈的報告嗎？」

「被擊沈的是日本的警備艦。我們也從旁接收到該艦的求救通信。」

「空軍也沒用，輪到我們海軍出場了。」

岳艦長搖搖頭。這時負責戰事的徐少校面露緊張神情，從戰鬥指揮室走回來，說道：

「我們的戰鬥機隊和日本空軍交戰，損害極大，打算撤退了。」

艦橋上全部的人都保持沈默。錢司令說道：

「什麼？已經交戰了？日本空軍反擊我國空軍嗎？」

「是的。」

徐少校以生硬的語氣說道。錢司令和岳艦長面面相覷。

「真令人難以置信，如果真是如此，日本空軍應該也會攻擊我們艦隊，但是爲什麼没有進攻?」

「看來日本並不是真的想與我們爲敵,日本海軍只是對我們艦隊提出警告而已。」

岳艦長回頭看著雷達人員,問道:

「空中情況如何?」

「艦隊周邊上空有二、三架日本軍對潛偵察機和美軍偵察機在飛行,並無異常行動。有兩個戰鬥機編隊,不過距我們艦隊一百海里以上,似乎在窺伺我方,但並不打算攻擊。」

「爲了謹慎起見,還是要强化防空監視態勢。向空軍司令部請求艦隊防空支援,不可以束以待斃。」

錢司令、岳艦長等人陸續下達指示,通信員趕緊與艦隊各艦通信聯絡。

「艦長,距離『富陽』九十五公里。」

航海長攤開海圖,告訴艦長。徐少校説道:

「司令,如果『富陽』没有進入石垣島港内,這是絶佳機會,我們艦隊一定要拔掉『富陽』的根,應該準備對艦飛彈,將其擊沈。」

「哈爾濱」、「銅陵」、「四平」配備了對艦飛彈C802,射程爲一二〇公里。其他的「准南」和「新鄉」，則有標準配備對艦飛彈「海鷹2」（HY—2），射程約九十五公里。

錢司令和岳艦長對看一眼。

東海艦隊司令部下達擊沈「富陽」的命令。

既然航空攻擊已經失敗，那麼就該由我們艦隊來收拾善後了。

「好吧，命令各艦，準備對艦飛彈攻擊。」

錢司令下定決心，命令徐少校。

「準備對艦飛彈戰鬥。」「準備對艦飛彈戰鬥。」

戰術士官徐少校以通話器命令戰鬥指揮室。

「艦長，日本海軍傳來緊急通信。」

通信員大聲告知。岳艦長慌亂地問道：

「說些什麼？」

進入釣魚島海域後，日本方面已經幾度提出侵犯海域的警告。

難道釣魚島不是中國的領土嗎？在自己國家領內為什麼要受到日本的警告？

「對日本領海內船舶的攻擊，視同對日本的攻擊。立刻中止攻擊行動，從近海撤退。」

岳艦長聽著電文。

這警告內容比先前的來得尖銳，但看起來並不是要進行攻擊。可能他們並不是真的想要攻擊。

錢司令目光閃爍地說道：

「回電！貴艦隱藏『富陽』的行為，對中國而言是敵對行為，支持內戰的一方，視同干涉內政。中國海軍不允許這種妨礙行為，一定要加以排除。」

「艦長，雷達捕捉到高速艦。」

雷達人員告知。岳艦長看著雷達人員，問道：

「在哪？」

「方向〇八〇，距離一百公里，有兩艘日本海軍的驅逐艦以三十節的高速朝這裡開來。」

看來日本海軍已經積極展開行動了，岳艦長莞爾一笑。

這是一試身手的好機會，也是調查他們是否真想介入中國內戰的絕佳機會。岳艦長想，來得好！

「感應到潛水艇！」

聲納員大聲報告。

是敵人的潛水艇嗎?還是日本或美國的潛水艇?如果是美日的潛水艇，就不會立刻發動攻擊，如果是敵人的潛水艇，那就糟糕了。

「位置呢?」

「方位一四〇，距離五十公里附近。方位二五〇也有一艘，距離一三〇公里。」

「是我方的潛水艇嗎?」

我方的核子潛艇有幾艘正在作戰行動中。也可能是日本海軍或美國海軍的潛水艇，也有可能是台灣海軍的潛水艇。

「還沒有辦法辨識敵我。」

『準備發射!』

透過通話器，聽到戰鬥指揮室飛彈人員的聲音。

前甲板的C802發射機啓動，拿掉蓋子。

徐少校看著錢司令。錢司令低聲命令:

「發射!」「發射!」

徐少校覆誦，告知戰鬥指揮室。

從前甲板傳來發射聲。C802飛彈冒出噴煙，朝向虛空飛去。

岳艦長用望遠鏡，看著先前升高的C802緩慢下降，擦過海面飛去。

Ｃ８０２在距離目標十幾公里之前，按照指示噴射推進，進行慣性飛行，最後階段則以自動雷達，朝著目標挺進。

同時，前方的「銅陵」、「四平」、「准南」和「新鄉」也陸續發射對艦飛彈。

5

『中國艦隊驅逐艦，發射五枚對艦飛彈，朝向石垣島方向，目標似乎是「富陽」。』

聽到ＣＩＣ室的聲音。

護衛艦「春雨」艦長國松二佐緊咬嘴唇。

我方已經提出警告，中國驅逐艦卻無視於警告，竟然發射對艦飛彈。

『飛彈是Ｃ８０２巡航飛彈，而且是ＨＹ－２，全都以馬赫〇・八～〇・九的亞音速飛行。』

「目標和到達時間呢？」

「第一顆飛彈五分二十七後到達。」

「通知『富陽』。」

國松艦長嘆息地下達命令。

「接到來自『霧島』的緊急指令。」

通信員叫道。旗艦護衛艦「霧島」上有第二護衛隊群司令橘海將補。

「報告吧。」

「查明中國艦隊是東海艦隊第五護衛艦隊第三三護衛隊。除了旗艦驅逐艦『哈爾濱』之外，還有驅逐艦一艘、護衛艦四艘。本艦再三要求中國離開琉球近海，但是對方再度拒絕要求。我護衛艦隊於本日七時，爲了阻止中國艦隊非法攻擊，決定行使正當防衛的權利，各艦立刻擊毀對艦飛彈。此外，中國艦隊如果對我艦隊或個艦發動攻擊，各艦可立即反擊。以上，命令完畢。」

艦橋上瀰漫著緊張的氣氛。

「好，白井副艦長，進入對水上艦戰鬥態勢。」

國松艦長命令道。

白井副艦長大聲覆誦，傳達到ＣＩＣ室。

「準備對水上艦戰鬥！」「準備對水上艦戰鬥！」

艦橋進入慌亂狀態。

「目標中國艦隊驅逐艦。」

前甲板的90式艦對艦誘導彈SSM－1B發射器啓動，對準目標方向，形成傾斜角度。

CIC室似乎已經決定好目標，要攻擊中國艦隊中的某艘船艦。

萬一中國方面無視於最後通牒，仍然不改變艦隊的方向，無可避免地就要進行艦隊的決戰。屆時，日中就會進入戰爭狀態。

國松艦長心裡想，當然不希望這種事情發生。

國松艦長向CIC室命令道：

「準備發射短SAM海上麻雀飛彈。」

「了解。」

海上麻雀飛彈射程十五公里，爲半自動雷達追蹤式飛彈。

巡航飛彈會通過「春雨」所在的海域，這時就可以利用海上麻雀迎擊飛彈。

前甲板的海上麻雀垂直發射機VLS啓動，隨時都可以發射。

CIC室傳來報告：

「經過二分鐘，「島風」發射標準飛彈。」

對空標準飛彈SM－1MR以馬赫二～三的速度飛去，具有利用自動雷達追蹤方式捕捉擊毀射程三十八公里以內的飛彈與飛機的能力。

國松艦長用望遠鏡看著在前方航行的護衛艦「島風」，看到「島風」隱隱約約就在水平線附近。

從灰色的艦影上，看到冒出一道又一道的白煙，飛彈已發射，總計有六枚。六道白煙散向四方，各自朝鎖定的目標而去。

SM－1MR如果沒射中，就輪到海上麻雀出場。

『艦長！聲納偵側到潛水艇。』

聲納員通報道。國松艦長豎耳傾聽，叫道：

「什麼？潛水艇？能辨識敵我嗎？」

『沒有回答。』

「位置呢？」

『方位二一〇，距離四十公里，深度一五〇公尺，速度十五節，朝向這裡前進。』

這當然也有可能是我方的潛水艇。潛水艦隊當然不會將其動向一一向水上艦艇「春雨」通告。

『方位〇六〇，有不明國潛水艦，距離八十，深度一百公尺。』

必須經常防備最惡劣的事態，總之必須密切注意潛水艇的動態。

國松艦長看著白井副艦長，命令CIC室：

「準備對潛戰鬥！」「準備對潛戰鬥！」

警報器響起，前往甲板艦橋的組員展開忙碌的行動。

「阿斯羅克發射準備完成。」

白井副艦長報告道。阿斯羅克對潛火箭垂直發射機VLA啓動，進入發射態勢。

6

台灣海軍驅逐艦「富陽」艦內一片騷動，消防隊拼命抱著水管，在冒著黑煙的艦橋底部和艦尾的破損處灌注海水。

終於，黑煙的威力減弱了，先前隱藏在黑煙中的火舌也不見了。

副艦長葉上尉負責損害控制的指揮，不斷鼓勵部下。

站在艦橋的藍艦長對來自各部的損害狀況，給予各種指示。所幸「富陽」的頭腦CIC室還能發揮機能，雖然不能航行，但還能發揮戰鬥力。

「艦長，接到日本海軍「春潮」的緊急聯絡。」

通信員耳朵戴著接收器叫道。

「說什麼？」

「中國艦隊朝本艦發射了五枚對艦發彈，四分鐘後就會到達本艦。我雖以SM飛彈迎擊，但是恐怕無法擊落，要趕快閃躲。」

「回電，感謝貴艦的通報。」

「知道了。」

通信員回電。藍艦長看向水平線底端，那裡有看不到的敵人艦隊。

李登輝總統一行人平安無事地在石垣島登陸，如此一來，「富陽」的任務即已完成，但敵人還不知道這件事，大概認爲李登輝總統一行人還在「富陽」上吧，因此才會執著於攻擊本艦。

『飛彈接近！飛彈接近！』

CIC室管制官告知。

「在哪？」

「方位一九〇，距離五十八公里。」

藍艦長呻吟著。

事已至此，無計可施。

「砲手長！雄風是否損害？」

「隨時都可以使用。」

砲手長士官長很有精神地回答道。藍艦長下達命令道：

「準備對水上艦戰鬥！」「準備對水上艦戰鬥！」

艦內響起戰鬥喇叭，全員就戰鬥位置。

藍艦長向CIC室詢問道：

「距離敵人艦隊多遠？」

『最短一百公里。』

對艦飛彈「雄風I型」（HF—1）是以色列製對艦飛彈加布里埃爾的複製品。加布里埃爾4LR射程二百公里，「雄風I型」射程雖然沒有這麼遠，但是也有一百公里的射程。

「準備發射雄風，目標中國艦隊艦艇。」

『了解。準備發射雄風。』

「發射！連續發射！」「發射！連續發射！」

五座「雄風I型」反艦飛彈發射台噴出五枚雄風飛彈，飛彈朝向虛空飛去，暴風吹拂夾板。

五道白煙冉冉飛去，終於落到海面，朝敵艦接近。

在接近目標之前，是以馬赫一慣性飛行，最後階段則以自動雷達追蹤，衝向目標。加布里埃爾的優秀性能，在中東戰爭中已有明證。

「飛彈到達時間？」

『二九八秒。』

藍艦長點點頭。他要向中國艦隊報一箭之仇。

CIC室報告道：

『敵人飛彈持續接近，距離四十公里，敵人飛彈數目五發。』

再待在這裡，只能束手待斃，至少要想些閃躲的方法。

藍艦長利用通話器，叫喚機械室的機械長。

「機械長，引擎完全不能作用嗎？」

『主引擎受損太大，不能作用，但輔助引擎還可以，正在全力修復。』

「好吧，試試看吧。」

『全力以赴。』

機械長鼓勵部下的聲音，透過通話裝置傳了過來。

「艦長，日本海軍的飛彈迎擊敵人飛彈。」

日本驅逐艦放出的飛彈已經到了會敵時刻。

「情況如何？」

藍艦長詢問道。艦橋上所有的人都豎耳傾聽。

「已經爆炸。敵人的一枚飛彈已從雷達上消失。」

CIC室管制官以興奮聲音說道。

「又擊落一枚。」

很好，剩下三枚。希望剩下的飛彈也能被擊落。

「機械室通知艦長。」

「機械長，怎麼樣？」

藍艦長趕緊拿起通話器。

「輔助引擎開始作用了。」

「操舵員，微速前進！」

「微速前進。」

操舵員慌忙覆誦，同時跑向操舵裝置。

「富陽」好像重新復甦似地，慢慢移動船身，開始移動。組員全都歡聲雷動，藍艦長在通話器中叫道：

「很好，做得好！」

『不能太勉强，只能試著開動。』

「四節。」

操舵員讀出速度計上的刻度。船艦慢慢地增加速度。

『敵人飛彈三枚方向依然不變，朝這裡來。』

CIC室告知。

「距離呢？」

『二十公里，日本海軍海上麻雀飛彈迎擊時刻到了。』

藍艦長發現自己的手掌在冒汗。

「準備發射煙霧彈！準備對艦飛彈戰鬥！」

「準備發射煙霧彈！」

船艦航行的速度比先前快了一些，前面就是石垣島和西表島的水道，如果能夠駛入其中，就可以躲在島的陰暗處。

「六節。」操舵員聲音嘶啞地叫著。

『擊落！海上麻雀擊落了一枚飛彈，飛彈在雷達上消失了。』

剩下兩枚。

「接近，十二公里。」

這時兩枚一二七釐米二連裝砲噴出砲煙，開始狂吠。

對艦飛彈已進入一二七連裝砲的射程內，看來飛彈已進入最後階段。

「發射煙霧彈！」「發射煙霧彈！」

艦橋旁陸續發射出煙霧彈，銀箔幕飄在空中。

「左滿舵，全速前進！」「左滿舵，全速前進！」

操舵員不斷地將舵輪朝左旋轉。雖然動作很緩慢，但艦首已經朝左轉，船身也漸漸移動著。

煙霧彈繼續發射，幾乎覆蓋了整艘船艦，附近全都是煙霧彈雲。

「六公里！」

「方向呢？」

「九點的方向。」

藍艦長用望遠鏡看著巡航飛彈飛來方向的海面。

在正面方向的海面上，看到兩個低空飛行物體一前一後衝入銀箔雲中。

「緊急！全速前進！」「全速前進！」

「太勉强了！速度不能再加快了！」

機械長大叫道。

「七節！」

船頭朝左旋轉，船身也跟著旋轉。藍艦長緊握著望遠鏡，船艦仍然隱藏在銀箔雲中，如果正對飛彈，也許還可以躲過。

「三公里！」

這時，二十釐米CIWS發出怒吼聲，第一枚飛彈突然急速上升。

上升！第二枚飛彈也接著上升。

如此一來，飛彈會從正面衝過來。二十釐米CIWS猛然將機關砲彈集中在第一枚飛彈上。第一枚飛彈的前端裂開，接下來的瞬間，飛彈彈體炸裂。

飛彈在空中爆炸，爆炸飛彈的破片攻擊了艦橋。

藍艦長嚇了一跳，抬起頭來。彈體破片撞擊到前甲板爆炸，船艦劇烈搖晃。

一二七釐米連裝砲的砲塔被破壞了，艦橋的玻璃窗被爆風吹動，藍艦長不禁縮起身子。

第二枚飛彈落入銀箔雲中，和艦首擦身而過，落入海面。

飛彈爆炸，噴起强勁的水柱。

艦首被濺起的海水衝撞搖晃，前甲板被波浪襲擊，船艦大幅傾斜，繼續搖晃。

葉副艦長的聲音在艦橋響起。藍艦長站了起來，冷靜的命令操舵員。

「趕緊操舵！」

「右舵四十！」「右舵四十！」

「報告損害狀況！」

水兵拿著水管和滅火器，跑向冒著黑煙的前甲板。

「駛向石垣島港，請求日本方面准許入港，請求緊急避難。」

藍艦長命令通信員。

只要入港，就可以免於沈沒。照之前的情勢來看，日本一定會幫忙的。

『不久就是雄風到達時刻。』

ＣＩＣ室告知。

「現在輪到他們嚐嚐苦頭了。」

葉副艦長笑了起來，藍艦長也這麼想。

「艦長，接到蘇澳艦隊司令部的電文。」

通信員叫道。蘇澳海軍基地是第一六八護衛艦隊司令部的所在軍港。

「說了什麼？」

「司令部支援李登輝總統，立刻派遣一六八巡防到石垣島海域。」

一六八巡防別稱爲「第七艦隊」，是台灣最强的護衛艦艦隊。

「好極了，那麼就可將李登輝總統送回國內了。」

藍艦長和葉副艦長高興地相望。

「趕快通知李登輝總統。」

藍艦長命令通信員。

7

中國海軍第二二護衛隊旗艦驅逐艦「哈爾濱」的艦橋上，一片騷動。

『全彈被迎擊飛彈擊落。』

戰鬥指揮室通過通話器聯絡。

「全彈都被擊落了。」

「全彈的蹤影都在雷達上消失。根據偵察機的報告，目標依然還在，正朝石垣島移動中。」

「怎麼回事?被『富陽』的對空武器擊落了嗎?」

「不是的。是日本海軍用了迎擊飛彈。」

「什麼?日本軍阻礙我們嗎?」

「『富陽』前方有兩艘日本海軍飛彈驅逐艦。」

「是那些傢伙幹的好事。」

岳艦長非常生氣地大叫著。錢司令也將身子沈入司令席裡,面露苦澀表情説道:

「没想到日軍妨礙我們到這種地步。」

通信員再度報告道:

「司令,日本海軍旗艦『霧島』再次提出撤退警告,並説,這是最後通牒,要我們停止不當攻擊,轉進。」

「什麼?最後通牒?」

岳艦長生氣地叫道。

「是的,没錯,如果拒絕最後通牒,將無法保障我們的安全。」

「司令,怎麼辦?」

錢司令搖頭説道:

「不管警告,我們艦隊不會屈服於對方的威脅轉進的。」

「通信員，發電文告知我們拒絕通牒。」

岳艦長命令道。錢司令說道：

「我們艦隊要追擊『富陽』，讓謀叛者李登輝和船艦一起被擊沈。」

「傳達各艦！」

岳艦長命令通信員覆誦。

突然雷達人員臉色蒼白地叫道：

「反艦飛彈接近！」

「什麼？」

艦長岳上校跑到雷達旁邊，注視著映像機的畫面，看到掠過海洋，以高速接近的幾個黑色斑點。對艦飛彈逼近艦隊。

「對艦飛彈五枚，以亞音速超低空飛行，距離艦隊二十五公里。」

岳艦長以反射動作對著戰鬥指揮室的通話器大叫道：

「敵襲！」「敵襲！」

爲什麼到了二十五公里這麼近的距離才發現到對艦飛彈衝了過來？

岳艦長很生氣，大吼道：

「準備對艦飛彈戰鬥！」

「全員就戰鬥位置！」

「閃躲！閃躲！」

警報響起。水兵在舷梯和通路上奔跑，艦內一片嘩然。緊急用隔壁門關了起來。

「距離二十。」

「發射迎擊飛彈。」

前甲板的短SAM飛彈八連裝發射機朝向上空。

也許還來得及。岳艦長瞪著虛空。

「發射！」「發射！」

岳艦長下達命令。發射機立刻發射飛彈，飛彈猛然噴出白煙飛出。

「左滿舵，全速前進！」「左滿舵，全速前進！」

船艦大幅傾斜，艦首濺起水花。

「各艦，發射短SAM飛彈！」

戰鬥士官徐少校叫道。護衛艦「銅陵」和「四平」也朝上空發射紅旗61型飛彈。

「距離一六。」

「飛彈接近！兩點方向！」

看著望遠鏡的偵察員大叫道，岳艦長也拿起望遠鏡觀察。

掠過海面的黑點飛了過來，在海面發生爆炸，濺起水柱。

「右滿舵，全速前進！」「右滿舵，全速前進！」

操舵員聽到覆誦聲，拼命地轉動舵輪。

「擊落一枚！兩點方向！」

雷達人員大吼著。短ＳＡＭ飛彈擊落了一枚飛彈。

「又擊落一枚，十二點方向。」

這次是由「銅陵」發射的紅旗61型擊落了敵人的飛彈。

這時「哈爾濱」的兩門一三〇釐米連裝砲開始狂吠。飛彈進入一三〇釐米連裝砲的射程內，曳光彈低飛掠過海面。

突然，右邊海上發生爆炸，岳艦長連忙拿起望遠鏡看。

「銅陵」右斜後方的護衛艦「准南」的艦橋附近冒起黑煙。

「司令，接到『准南』的緊急聯絡，被飛彈擊中，機械部發生火災。」

錢司令探出頭來，看著「准南」的艦影。

兩門三七釐米機關砲也開始發射子彈。

每艘船艦上的七六釐米砲和三七釐米機關砲都發射子彈，海面上張起彈幕。

「飛彈接近！目標本艦！」

岳艦長放下望遠鏡，看到在眼前上升的飛彈，接下來的瞬間，三七釐米機關砲彈粉碎了飛彈。

又聽到爆炸聲。岳艦長看著左舷方向。

這次好像是「新鄉」被飛彈擊中，艦尾冒出煙霧。

這是怎麼回事！岳艦長感到很生氣。

「敵艦在艦隊附近！」

雷達人員告知。錢司令抬起頭來，問道：

「在哪？」

「方位一二〇，距離七十四公里。」

「日本艦隊的主力位置呢？」

「方位〇七〇，距離二百公里。」

「是機動艦隊吧。」

岳艦長看著海圖說道。

「機動艦隊有兩艘驅逐艦，兩艘都支援『富陽』。」

戰鬥士官徐少校指出海圖上日本海軍驅逐艦的位置。

「這兩艘可能是擊落我軍對艦飛彈的船艦，而飛來的飛彈也來自這個方向，可能就是這兩艘船艦對我發動攻擊。」

岳艦長看著冒出黑煙的護衛艦「准南」和「新鄉」，兩艘都是對抗能力較低的舊式艦。

「『准南』向司令報告。『准南』受損嚴重，機械部直接受到損害，無法航行，已經浸水。『新鄉』的艦橋也破了大洞，艦內發生火災，受損情形也很嚴重。」

六艘中有兩艘受到嚴重損傷，岳艦長很懊惱，氣得臉都歪了。

「司令，進行反擊，再坐視不顧，會被日軍吃到頭上。」

岳艦長呻吟似地說道。錢司令點點頭，說：

「好，準備對水上艦戰鬥。通信員，傳達全艦，準備對水上艦戰鬥。目標，方位一二〇的日本海軍驅逐艦兩艘。準備對艦飛彈攻擊。」

「聽到了嗎？不要輸給日本海軍，準備戰鬥！」

岳艦長大聲命令部下。

「準備對水上艦戰鬥！」「準備發射對艦飛彈！」

砲手長對部下大叫道。戰鬥警報響起。

『準備發射完成。』『準備發射完成！』

通話器傳來對艦飛彈人員的聲音，岳艦長趕緊命令道：

「發射！」「發射！」

前甲板冒出白煙，對艦飛彈C802飛去，暴風聲音振動艦橋玻璃，白煙隨風飛揚。

「第二彈，發射！」「第三彈，發射！」

再度噴出白煙，對艦飛彈朝虛空飛去。

「『四平』、『銅陵』、『湘潭』各艦發射對艦飛彈了。」

通信員大聲報告。

戰鬥就要開始了，一定要爲「新鄉」和「淮南」報仇。

岳艦長看著冒出黑煙的兩艘艦。

8

『中國艦隊發射多枚對艦飛彈，以馬赫○・九的亞音速，朝向本艦與「島風」而來。距離七十公里，到達時間三分五十二秒。』

CIC室管制官以平靜的聲音報告道。

終於來了嗎？國松艦長與白井副艦長對看一眼。

「準備對艦飛彈戰鬥！」

聽到覆誦聲。警鈴響起。

「全員就戰鬥位置！」「全員就戰鬥位置！」

艦橋中一陣慌亂。國松艦長戴上鋼盔，綁好下巴的皮帶，握著艦內廣播的麥克風，以平靜的語氣說道：

「這不是演習，是實戰，敵人是中國艦隊，全員要保持與訓練時同樣冷靜沈著的態度執行任務。完畢。」

國松艦長結束艦內廣播之後，用通話器向ＣＩＣ室命令道：

「一旦進入射程，就發射海上麻雀飛彈。」

『了解。』

前甲板的海上麻雀飛彈垂直發射機ＶＬＳ啓動，發射角度傾斜。

發射三十公里之內，是ＳＡＭ標準ＭＲ飛彈的防禦線。如果敵人飛彈突破防禦線，進入二十公里圈內，則是短ＳＡＭ海上麻雀飛彈的防禦線。

短ＳＡＭ海上麻雀飛彈的最大射程二十五公里，爲半自動雷達追蹤方式，彈頭具有三十公斤ＨＥ爆破效果。

一旦短SAM海上麻雀飛彈的防禦線被突破，飛彈接近，進入十二公里圈內時，就屬於艦砲防禦線，到時候，最大射程十六公里的六二口徑七六釐米速射砲，以及最大射程二十三公里的五四口徑五吋（一二七釐米）單裝速射砲，就要應戰。

如果飛彈還是突破了這道防禦線，進入二公里圈內，只好使用個艦防禦的最後武器二十釐米CIWS應戰。

國松艦長命令通信員：

「向『霧島』艦隊司令發出緊急報告。中國艦隊對我發動飛彈攻擊，請求允許立刻展開反擊。」

通信員覆誦一次，接著大叫道：

「『霧島』緊急回電。貴艦與『島風』立刻開始對艦飛彈攻擊。允許攻擊，艦隊主力已緊急趕往現場。期待大家奮戰。完畢。」

「很好。」

國松艦長聽到回電的同時，命令CIC室：

「立刻依序發射對艦誘導彈！」

「發射對艦誘導彈！」

CIC室應答道。國松艦長從艦橋俯看前甲板。

90式艦對艦誘導彈SSM—1B發射器噴出白煙，誘導彈飛出。爆風響起轟隆聲，吹動前甲板。

一枚、兩枚、三枚，接著，第四枚。

90式艦對艦誘導彈SSM—1B是國產對艦飛彈，屬於80式空對艦誘導彈ASM—1的發展型。

全長五·一公尺，直徑三十五公分，發射重量六六〇公斤，彈頭是二二五公斤HE半徹甲彈。誘導方式爲，在接近目標之前，採慣性飛行，最後階段則利用自動雷達追蹤衝入目標。

推進方式是並用渦輪噴射以及固體燃料火箭。射程一五〇公里。

硝煙臭瀰漫在艦橋上。國松艦長以望遠鏡看著「島風」。

他看到前方「島風」的艦影也冒出白煙，朝向雲層很厚的天空飛散而去。

一枚，兩枚，三枚，四枚。

「接到『島風』的聯絡，發射90式誘導彈。」

通信員報告道。國松艦長點點頭，說道：

「很好。」

『誘導彈到達時間一七四秒。』

ＣＩＣ室報告道。

90式誘導彈以馬赫一・二的速度朝目標飛去，在二分五十四秒內決勝負。

『飛彈接近，距離四十公里。』

國松艦長用望遠鏡看著「島風」。

「『島風』發射了ＳＭ飛彈。」

雷達人員大叫道。

水平線附近的護衛艦「島風」冒出了幾道白煙，飛彈陸續飛去。

標準飛彈迎擊想要突破三十公里圈內防禦線的對艦飛彈。

「敵人飛彈數目多少？」

「八枚。距離三十七，接近中。」

敵人飛彈到達此處後，就以90式艦對艦誘導彈攻擊敵人艦隊，最後的勝敗則是看誰還活著。

「報告敵艦情報。」

「從旁接收情報，了解到『富陽』的對艦飛彈使得中國艦隊的六艘船艦中有兩艘受損嚴重。」

現在是中國艦隊四艘對護衛艦二艘的戰鬥，以船的數目來說，爲二比一，處於劣勢，但是如果以最新武器的火力比來看，絕對不亞於對方。

『飛彈接近！距離三十二。SM飛彈迎擊。』

國松艦長屏息凝神，看著鉛色的海洋。

好像經過了很長的時間似的，CIC室傳來聲音。

『距離二十八！SM飛彈迎擊，一枚從雷達上消失，擊落。』

國松艦長用眼睛向白井副艦長示意。白井副艦長向CIC室命令道：

「準備發射短SAM飛彈！」『短SAM飛彈發射準備完成！』

前甲板的VLS啓動。

「發射！」

VLS發出轟然巨響，海上麻雀飛彈飛出。發射結束之後，立刻自動裝填第二枚海上麻雀飛彈。

海上麻雀飛彈又冒出噴煙，朝空中飛去。

『又擊落一枚！敵人飛彈還在接近中，距離二十六。』

國松艦長點點頭。

第三枚的海上麻雀飛彈飛到上空。CIC室報告道：

『距離二十二！擊落第三枚！』

白井副艦長好像要確認似地，自言自語地說道：

「還剩五枚。」

「距離二十，又擊落一枚！ＳＭ飛彈全彈迎擊結束，敵人飛彈還有四枚。」

ＣＩＣ室報告道。

「剩下四枚嗎？海上麻雀！拜託你了！」

白井副艦長祈禱似地說道。國松艦長也在心中祈禱。

「不久後就是90式誘導彈到達敵人艦隊時刻。」

ＣＩＣ室的另一位管制官告知。

「飛彈接近，距離十六。海上麻雀開始迎擊。」

「怎麼樣？」

「擊落一枚！又擊落一枚！」

剩下兩枚。國松艦長緊咬嘴唇，數秒過去了，艦橋一片安靜。

「90式衝入目標。」

ＣＩＣ室的管制官告知。國松艦長抬起頭來，看向看不到的敵艦上空。

「90式被擊落一枚，還有一枚在接近中。命中！」

艦橋上的組員歡聲雷動。ＣＩＣ室又傳來報告：

『海上麻雀飛彈迎擊結束，敵人還有兩枚飛彈持續接近，距離十二。』

62口徑七六釐米單裝速射砲朝向虛空，開始發射砲彈。

敵人飛彈終於到達最後的個艦防禦線了。

9

「『新鄉』被飛彈擊中！」

雷達人員大叫道。

傳來轟然巨響。

「什麼！」

岳艦長從艦橋看著左舷方向的護衛艦「新鄉」。先前「新鄉」已經被一枚對艦飛彈擊中，受到嚴重損害，現在另一枚飛彈又擊中「新鄉」。

「新鄉」發生大爆炸，艦體裂成兩半，開始沈沒。

在黑煙中，「新鄉」像是跌落地獄之中，分成艦尾、艦首，從海面沈沒，組員都跳入海中。

「飛彈接近！」

雷達人員大叫道。

「迎擊飛彈呢？」

「擊落了幾枚，其他的突破防禦線。」

戰鬥士官徐少校大聲叫道。

兩門七六釐米單裝砲與兩座三七釐米機關砲，開始掃射掠過海面飛來的飛彈。

「閃躲！右滿舵，全速前進！」

「右滿舵，全速前進！」

操舵員覆誦道。

欺瞞彈銀箔彈朝虛空張開，在銀箔雲間，敵人飛彈已高速殺到。

「飛彈接近！十一點方向！」

偵察員大叫著。岳艦長看著十一點方向。黑色彈體彈跳起來，三七釐米機關砲的曳光彈劃出拋物線，吸入彈體中，七六釐米砲彈裂開。

「衝過來了！」

偵察員大叫著。岳艦長緊抓著艦橋的扶手。

突然之間，彈頭粉碎，失去彈頭的彈體直接衝入前甲板。

爆炸聲咚地一聲，砲塔和飛彈發射機被震飛了，艦橋爲爆風侵襲，艦橋開始晃動。岳艦長被爆風襲擊，撞到對面的牆壁。

「畜生！」

岳艦長差點暈了過去。他立刻站起來，看到戰鬥士徐少校趴在地上，沾滿鮮血的錢司令倒在他的旁邊。

「急救兵！急救兵！」

岳艦長大叫著，搖晃著錢司令的身體。錢司令依然意識昏迷，一動也不動。他的右胸不斷噴出鮮血，右手骨折，不自然地扭曲。艦橋上都是血。

急救兵跑了過來。

「報告損傷！」

岳艦長拿起通話器大叫道。戰鬥指揮室的士官回答道：

『飛彈好像命中前甲板，發生火災。』

「全力滅火！能航行嗎？」

『機械部無損傷，可以航行。』

「雷達員？」

「是。」

被急救兵扶著的雷達員上士站了起來，看著雷達映像機。

「敵人飛彈呢？」

「沒有。」

岳艦長突然鬆下一口氣，敵人的飛彈攻擊終於結束了。

「艦長！」

急救兵跑到岳艦長旁邊，扶著他的手。這時岳艦長才感覺到臉上有黏滑的東西。急救兵以止血帶裹住岳艦長的頭部。

突然又聽到咚的爆炸聲。岳艦長跑到艦橋。

右舷的「湘潭」被敵人的飛彈擊中，爆炸了。

「通信員，聯絡各艦！」

岳艦長叫喚通信員。通信員倒在地上，正接受急救兵的照顧。岳艦長自己跑向通信機，抓緊無線機的麥克風。

「旗艦通知各艦，通報狀況。」

無線電的空電音從揚聲器中播放出來。

「『銅陵』向『哈爾濱』報告。錢司令平安無事嗎？」

這是「銅陵」艦長汪中校的聲音。

「我是岳艦長。錢司令受傷，由我負責指揮。報告損害。」

『我艦沒有損傷。「新鄉」與「湘潭」被擊沈了。』

「『四平』和『准南』的狀況呢？」

『「四平」中彈，不過只有艦尾甲板受損。「准南」舷側受了嚴重的損害，已經浸水，全員開始避難，我艦即將前去救援組員。』

這是怎麼一回事！平安無事的只有「銅陵」和「四平」嗎？

岳艦長對於慘澹的戰況感到一片愕然。

待在戰鬥指揮室的副艦長黃少校等人，跑到艦橋上來。

「艦長，不要緊吧？」

「不要緊。」

岳艦長頹喪地坐在艦長席上。

失敗了。太過於低估日本海軍，才會失敗。

「減速！右舵四十度。」

聽到覆誦聲。黃副艦長在艦橋做出請示。

「艦長，去救援『湘潭』嗎？」

「好，你指揮吧。」

岳艦長有氣無力地說道。通信員再度坐在通信員席上，大聲叫道：

「艦長，『銅陵』和『四平』請問接下來的指示。」

「聯絡各艦指揮官。救助組員行動結束後，退回基地。完畢。」

岳艦長看著前甲板冒起的黑煙。

這時上空有兩架噴射戰鬥機飛去。機翼和機身印著紅色標幟。

「艦長，我方戰鬥機隊到了，前來進行防空任務。」

通信員告知。

10

「敵人飛彈八枚全都被擊落了。」

CIC室報告道。

二十釐米CIWS停止了怒吼聲。

國松艦長難以置信地看看周圍。

太過於安靜了。耳邊還好像聽到耳鳴似的機關砲發射音。

「敵人飛彈呢？」

『飛彈不見了，也沒有感應到威脅雷達波。』

戰鬥結束了。

「報告損害。」

國松艦長以通話器呼叫艦內。艦內各部都回答「無異狀」。後甲板附近有幾人因飛彈破片而受傷，但並無重傷者。

「『島風』呢？」

他在艦橋上找尋隱藏在水平線彼端的艦影。副艦長白井一尉答道：

「平安無事，無異狀。」

「剛才『島風』也詢問了我們的損害狀況，告訴他們，我們平安無事。」

「了解。」

國松艦長從口袋裡掏出縐巴巴的煙盒，手顫抖著，不斷鼓勵自己一定要振作才行。

「來自AWACS的報告。敵人艦隊損害情形爲，擊沈驅逐艦一艘、護衛隊一艘，嚴重受損的護衛艦一艘，中度受損的驅逐艦一艘，輕度受損的護衛艦一艘，毫髮無傷的只有最新型的護衛艦一艘。」

無線通信員大聲報告。

艦橋上的組員歡聲雷動，慶賀這場勝利。

勝利了。第一次海戰勝利，國松艦長以顫抖的手叼起煙。

白井副艦長爲他點了火。

國松艦長深深地吸了一口煙。

「來自AWACS的警告。中國艦隊上空出現戰鬥機隊，開始艦隊防空。空中自衛隊要擊機飛行隊不久後會到達『春雨』和『島風』上空，目前要待命警戒中國空軍機。」

通信員報告道。

看來中國空軍也不敢隨意出手了。國松艦長心情終於平靜下來。

「通信員，報告旗艦，戰鬥結束。重複，戰鬥結束。」

國松艦長發現到，手不知何時已不再顫抖了。

第三章　台灣內戰爆發

1

北京　中南海會議室　中央軍事委員會　8月1日　上午8時

圍坐在桌前的中央軍事委員，全都仔細聆聽秘書長秦中將的報告。

冷氣機噴出的冷氣充滿整個會議室。中南海樹林內的蟬聲，隔聲玻璃窗，傳了進來。秦中將的報告終於結束了，軍事委員們面色凝重地對看。

坐在正中央的中央軍事委員會主席江澤民，抬起眼來，以嘶啞的聲音說道：

「秘書長同志，李登輝逃走了嗎？我們空軍和海軍在琉球海域的戰鬥，竟然敗給了日軍嗎？」

「的確如此，同志。」

秦中將點點頭。

「誰該爲失敗負責？」

「沒有誰該負責任。戰爭還未失敗，只是局部戰鬥失敗而已。不要因爲局部戰鬥的勝利或失敗而一喜一憂，如果每次失敗就有人要負責，那麼怎麼進行大戰爭呢？不知道是哪裡留下的格言，失敗就是勝利，這次作戰失敗，是好事，這樣我們就可以公然責難日本。」

軍事委員一陣譁然。

「爲什麼我聽不懂秘書長同志說的話？難道我年紀大了？」

軍事委員會副主席劉華清，明顯表現出不愉快的表情。

秦中將雙手扶在桌上，環視這些老軍事委員。

「好了，我們中華人民共和國最終的目的是什麼呢？」

「你怎麼突然這麼問？」

一名軍事委員不滿地說道。秦中將以平靜的語氣說：

「從南海到東海，都要成爲我們中國的海。」

軍事委員會的人開始竊竊私語。秦中將繼續說道：

「我們已經得到南海的霸權。現在南海各島雖然被廣東的叛軍和分裂主義者所占據，但從大方向來看，已經爲我們中華民族所有了，因此我們只要敉平他們的叛亂，南海就是我們的了。那麼東海如何呢？」

秦中將緩緩地看著衆人。

「昔日，大陸相連時，琉球群島是中國的。昔日，釣魚台也是中國的領域，琉球群島也在我國統治之下，琉球根本就是中國的，也就是說，只要控制琉球，就能控制東海的南沙群島、西沙群島、東沙群島，就能控制南海的霸權。也就是說，琉球是東海的外壁。」

軍事委員互相對看。

「現在，是由誰控制琉球？是日本，還有日本的同盟國美國。也就是說，日本和美國等於掌握了東海的霸權。」

秦中將向站在會議室角落的秘書官揮手。秘書官走向秦中將背後的白色牆壁。拉起從天花板垂下的繩子，牆上出現攤開的中國地圖。

軍事委員一陣譁然。

秦中將抬頭看地圖。地圖上從琉球弧經過台灣島，到南海的南沙群島，全用紅線連接起來。黃海、東海到西南群島的近海、台灣島的西太平洋海域，以及南海，全都用紅色虛線圍起來。

「大老同志，請你們想像一下，我們大中國以往一直只想到成爲陸地上的大帝國，但是真正的世界國家、超級大國，不光只是擁有廣大的土地。應該是成爲佔地球四分之三的海洋的支配者。過去支配七海的大英帝國就是如此。所以說，力量衰退的

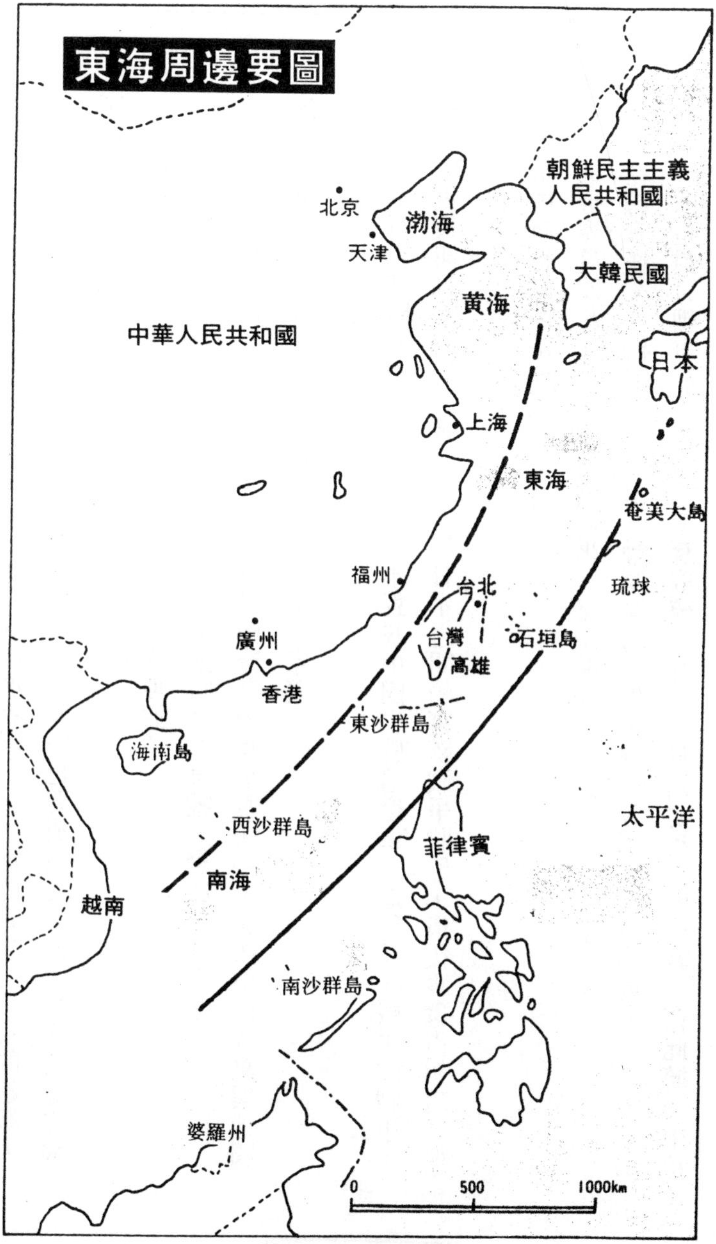
東海周邊要圖
朝鮮民主主義人民共和國
北京
渤海
天津
大韓民國
黃海
中華人民共和國
日本
上海
東海
奄美大島
福州
台北
琉球
廣州
台灣
石垣島
高雄
香港
東沙群島
海南島
太平洋
西沙群島
菲律賓
南海
越南
南沙群島
婆羅州
0
500
1000km

是自負爲世界警察的美國。將來，中國要成爲世界國家，成爲能夠對抗美國的超級大國，其必要條件，不光是成爲支配大陸的國家，同時也要成爲支配西太平洋的海洋國家。」

會議室一片平靜。委員會主席江澤民訝異地說道：

「那麼，秦秘書長，該怎麼做呢？難道要向日本宣戰，奪回琉球嗎？」

「不需要宣戰，爲什麼？因爲日本自稱擁有『和平憲法』，憲法中已放棄與他國的交戰權，向沒有交戰權的國家宣戰，毫無意義。」

「那該怎麼做？」

「進行不宣戰的戰爭。過去，日本對我中國也曾這麼做，進行並非戰爭的戰爭。我們要重複與日本的局部戰，製造與日本之間的實際戰爭狀態，最後奪還占領琉球群島。」

秦中將斬釘截鐵地說。

軍事委員彼此之間立刻討論起來。秦中將用下巴向秘書官示意。

秘書官從文件檔案中，取出一疊厚厚的文件，擺在各軍事委員面前。

「這是對日戰爭計畫書。爲了奪取琉球群島，我們要和日本作戰，藉此統一中華民族。」

軍事委員們看著計畫書的內容。秦中將大聲說明戰爭計畫。

2

東京　總理官邸辦公室　8月1日　上午9時

濱崎首相手在背後交叉，在辦公室地毯上來回踱步。

桌前坐著北山官房長官、青木外相、栗林防衛廳長官和向井原內閣安全保障室長等人。他們和濱崎總理一樣，苦著臉，瞪著空中，在想著什麼。

「中國要求引渡李登輝總統嗎？」

濱崎總理問道。

「是的。」

青木外相點點頭。

「如果拒絕呢？」

「就會和我國進入戰爭狀態。」

「這不是威脅嗎？」

「就算是威脅也是外交的一部分。」

濱崎總理嘆氣。

李登輝總統一行人在昨天中午登陸石垣島。現在李登輝總統由警察護衛，躲藏在島上的休閒飯店。由於先前發生的事，惟恐中國軍再度攻擊，因此立刻將陸上自衛隊習志野的第一空挺團一個連隊空運到島上，進行島上的防衛工作。

島的周邊海域則由第二護衛隊群進行海上封鎖。石垣島機場則由航空自衛隊的第三〇二飛行隊駐守。海空都進行嚴密的警戒防守。

美國海軍第七艦隊航空母艦戰鬥群也朝向尖閣列島海域移動，注意中國海軍和空軍的動向。

載著李登輝總統的台灣海軍驅逐艦「富陽」已經入港。「富陽」被飛彈擊中，損傷嚴重，兩座主引擎都故障，無法航行。

「最重要的是，李登輝總統想怎麼做？」

「他似乎想和逃到台灣高雄的台灣軍司令部、國防部取得聯絡，希望由台灣海軍艦隊來迎接李登輝總統，將他接回台灣。」

青木外相說道。濱崎總理搖搖頭，說：

「怎麼可以讓台灣海軍艦隊大舉來迎接他呢？」

「是的，我想李登輝總統也想在政治上、國際上利用這個機會吧。總之，台灣海軍艦隊如果進入石垣島，中國絕對不會坐視不管的。」

「你是說，會發動攻擊嗎？」

「是的，不是像這次只派遣小規模的軍隊，可能是大規模的艦隊，或是大陸間彈道彈攻擊，總之一定會全力展開擊潰李登輝總統一行人的行動。當然，就像這次一樣，我國一定會捲入這場戰爭。」

「糟糕，真是糟糕。」

濱崎首相停下腳步，看著向井原室長。

「有沒有什麼好方法，避免此種狀態發生？」

「只有一個方法不會刺激到中國。」

「什麼方法？」

「秘密用飛機將李登輝總統一行人送到台灣，這樣情形就不會再惡化了。」

「我也贊成。」

栗林長官表示贊成。

「爲了使中國冷靜下來，要趕緊謀求對策。我想，將李登輝總統一行人儘早送到台灣，是最好的方法。」

「也就是說，答應台灣空軍前來迎接李登輝總統的要求嗎？」

「不是的，這樣就好像召喚台灣艦隊一樣。如果他們堂而皇之地要李登輝總統歸國，當然就會公然派遣空軍大編隊，如此一來，中國一定會傾注空軍總力，前來作戰。」

「這麼說，要由我們的航空自衛隊偷偷地將李登輝總統一行人運走嗎？」

「是的。」

向井原室長點頭。

「已經提過這個方法了，但遭李登輝總統拒絕。」

青木外相搖搖頭。濱崎首相訝異地問道：

「爲什麼？」

「剛才我說過了，李登輝總統想要以堂而皇之歸國的機會，進行國際性的演出。」

「那麼，可不可以半强制地把他送回台灣？」

栗林長官以焦躁的聲音說道。

「這也是個辦法，但沒有考慮到以後的問題。」

北山內閣官房長官以深謀遠慮的表情說道。

「什麼以後的事情啊？」

「中國會分裂成幾個國家，台灣當然也會趁此機會獨立，我們和台灣之間不能再有任何鴻溝。」

「那麼該如何說服李登輝總統？有沒有什麼好辦法？」

濱崎首相看著大家。青木外相搖頭說：

「雖然已經派森田審議官趕緊到石垣去直接交涉，但是李登輝總統非常頑固，不可能輕易被說服。」

向井原室長插嘴說道：

「有說服的方法。」

「哦？」

濱崎首相和青木外相對看。

「有什麼方法？」

「要說服李登輝總統，就要說服他的側近劉仲明總統特別顧問，這是最快的方法。」

「劉仲明總統特別顧問？他是誰？」

「就像是李登輝總統的輔佐官，我有説服他的適當人選。」

「哦？是誰？」

濱崎首相探出身子問道。青木外相和北山官房長官也看著向井原室長。

「就是作戰部長新城克昌海將補。新城一定可以説服他。」

3

石垣島機場　8月1日　上午11時30分

航空自衛隊F―15DJ複座戰鬥機朝著滑行跑道而來，準備著陸。

新城克昌海軍准將看著圍繞石垣島的藍色海洋。

駕駛户部三等空佐和管制塔通訊，機身朝下，沿著跑道前行。

跑道旁的帳幕中，停著幾架F―4EJ改良鬼怪戰鬥機。塗成迷彩的C―1運輸機也著陸，卸下兵員以及對空飛彈的發射器。

降落。F―15DJ緩緩降落，車輪接觸到滑行跑道的一端，機身順利著陸。

新城覺得很不舒服，不過在著陸前，還是忍住了噁心的感覺，現在終於好了一點。在他年輕時，即使搭乘F—15DJ這種最新型的噴射戰鬥機，也不會暈機，但現在年紀大了，若是暈機，也是無可厚非之事。

「没事吧，看你臉色蒼白。」

户部三佐拿掉氧氣罩，問新城。

「不，很舒服的空中之旅。」

「那就好了。因爲太匆忙，也許我飛的方式比較粗暴。」

今天早上九點後，新城奉命飛往石垣島，於是搭乘直升機，飛到入間基地，在那裡搭乘F—15DJ。

通常，是搭C—1運輸機或C—130運輸機，但這次情況較爲緊急。

F—15DJ花不到兩個小時的時間，就飛過從入間基地到石垣島一九〇〇公里的距離。在這段期間，爲了打發無聊，新城問了户部三佐各種空戰技巧。户部三佐是教練隊的教官，談到這個話題，滔滔不絕。

「看來，我是不可能當F—15的駕駛。」

在F—15FDJ戰鬥機中，新城壓抑著噁心的感覺說道。

「不論是誰，只要握著操縱桿，就不會暈機了。像我自己，在操縱學生的笨拙操縱時，也會暈機的。」

戶部三佐安慰道。

著陸後的機身在帳幕的一角停下來。掀起座艙罩時，地上的準備員已經跑過來，把梯子架好。

「謝謝你的幫忙。」

新城向戶部敬禮。戶部三佐慌忙還禮，說道：

「不客氣，准將。」

新城鬆開皮帶，脫掉鋼盔。熱帶特有的熾熱空氣侵襲肌膚。新城爬出座位，扶住整備員的手，走下梯子。

在地上，陸上自衛隊的高機動車已經在待命了。車子前面有幾名自衛官和民間人士站在那裡。穿著野戰迷彩服的一等陸尉和海上自衛隊的三等海佐前來迎接，新城向他們敬禮。

「讓您久等了，請上車。」

「你們辛苦了。」

新城答禮，走向高機動車。穿著西裝的民間人士對他微笑。

「您是新城作戰部長吧，我是森田。」

「哦，審議官，謝謝您特意來迎接我。」

「待會就要見李登輝總統，我想和你一起去比較好。在前去的途中，有些事要和你商量，這是很急切的事情。」

森田審議官夾雜著白髮的頭對新城低下來，一眼就看到黑眼圈，這次的交涉一定很困難。

「啊，快點吧，他們已經在等我們了。」

森田審議官催促新城走向高機動車。高機動車的引擎已經發動了。在駕駛座門前等待的陸軍士官長向新城敬禮。新城略微向士官長答禮，同時從高機動車後方的升降口進入後座。森田審議官跟在他的後面。

高機動車快速向前而去。這時F—15DJ發出引擎的金屬音，在機場滑行。兩架F—4EJ改良鬼怪噴射戰鬥機一起沿著滑行跑道起飛。轟隆的引擎聲使周遭充滿一股熱氣。

新城從高機動車後方，看著沾滿戰時色彩的石垣機場。

臨時封閉的轉運站的屋頂上，堆著對空陣地的沙包，二連裝機關槍瞪向上空。機場範圍內，四角都堆積了沙包陣地，配置了對空飛彈。

高機動車離開圍籬大門，一路奔馳在太陽毫不留情照射的柏油道路上。路邊有鮮紅的木槿花迎風搖擺。

「新城先生，你有沒有接到東京的指示？」

森田在搖晃的車中問道。

「指示要去見面。」

「見面後要怎麼做？」

「討論讓李登輝回台灣的條件。」

森田很訝異。

「根據東京電話說，新城先生和劉仲明特別顧問有不錯的交情。」

「嗯，有一陣子沒見面了，我想應該還可以和他溝通。」

新城想起劉仲明。在美國戰略研究所留學時代，兩人是朋友，他們互相絞盡腦力，研究模擬戰術，的確是令人愉快的回憶。回國之後，也曾幾度通信，但逐漸疏遠，現在已不通訊息了。

沒想到居然在這種機會下見面。

新城不知到底要感到高興，還是悲傷，思緒非常複雜。

車子停在盤查站，然後又立刻開走。離開大路，滑入生長著亞熱帶植物圍牆的休閒飯店的正門。

飯店出入口附近，穿著迷彩野戰服的完全武裝空挺隊員，面露緊張神情，在各處布陣。一輛87式偵察警戒車看著道路的方向。

高機動車停在飯店大樓前，抱著八九式步槍的隊員跑到車前。新城在隊員的迎接下下車。

一進大廳，兩名見過面的男子不斷揮手，面露笑容。

新城不禁跑向兩人。他擁抱劉仲明特別顧問和錢建華輔佐官，互拍肩膀，對於三人的再次會面，非常高興。

「新城上尉，不，現在是海軍少將了吧。聽到閣下前來，感到非常驚訝。」

「別叫我閣下，像以前一樣，叫我新城吧。聽說你也是准將。」

新城看著錢建華輔佐官。

「錢建華先生，看到您這麼有精神，真是太好了。聽說您已經當輔佐官了。」

「我也聽說你擔任日本海軍中樞的作戰部長，真是令人高興。你很活躍嘛。」

「錢先生和劉先生都已經不是以前的樣子了！」

「哈哈哈，這就是一種進步啊！」

劉仲明特別顧問和錢建華輔佐官相視而笑。

「好懷念啊，真的好懷念啊！」

「就好像開同學會一樣。」

三個人之間充滿快樂的舊日溫情。

森田審議官和自衛官等人遠遠地守護著三人。

4

李登輝總統凝視著遼闊的海洋，終於發出了嘆息聲。

「不能再對日本政府或日本國民造成困擾了，我也知道這一點，但如果不這麼做，我們的國家台灣可能就會被世界放棄了，所以雖然明知不對，還是要展現這個無理的示威行動。」

「這個責任由身爲特別顧問的我來負責，因爲我强烈地主張應該這麼做。」

劉仲明特別顧問搖搖頭，錢建華輔佐官也以沈重的語氣說道：

「新城先生，你知道我們現在陷入僵局了吧，不這麼做，恐怕日本和美國只是嘴巴上說說，不會真正支援我們。」

「我知道。」

新城點點頭。在房內一旁的森田審議官也面露奇妙的神情，點了點頭。劉仲明特別顧問代替錢建華輔佐官繼續說道：

「不過，根據森田先生和新城先生的話，我知道日本政府對於處理我們的問題，感到非常苦惱。事實上，待在這個島上令貴國感到困擾，並非我們的本意，我想就先生所提議的，我們就搭乘飛機歸國好了，相信總統對此事應該沒有異議。」

「當然囉，立刻命令高雄司令部，安排我軍運輸機前來接我，這樣比較好吧？」

李登輝總統面露穩重的笑容，看著新城和森田審議官。

「謝謝。不過關於運輸機的問題，不需特地從台灣叫來，由我們航空自衛隊的運輸機護送好了。」

新城提出這個建議時，森田審議官拉拉新城的袖子。

「但是萬一遭受中國空軍的攻擊，那不就是我國的責任了嗎？」

「中國空軍不可能出手。航空自衛隊會負責，總統一行人會平安無事回到台灣。」

新城斬釘截鐵地說道，森田慌了手腳。

「你說這句話，你要負責哦！」

「是我們勉強離開李登輝總統離開這個島，如果不負責，日本政府就失去立場了。決定的責任，由我負。」

「既然你這麼說，我也無話可說。」

「關於交涉條件，濱崎首相交給我全權處理了，你不必擔心。」

新城對森田審議官點了點頭。森田好像很不滿，沈默不語。

「如果現在從台灣叫運輸機來，從旁接收到無線電的中國，可能會採取非常手段，反而危險，不如用自衛隊機悄悄地將你們送到台灣，比較安全。」

劉仲明特別顧問和錢建華輔佐官互相對望，說道：

「是嗎？那真是謝謝了，我們也希望避免從台灣叫運輸機前來的危險。搭乘日本空軍機回國，的確比較安全，相信日本空軍和美國軍隊一定會全力護衛。」

「當然了，我們會全力護衛李登輝總統，美軍也會從旁協助。那麼就趕緊安排運輸機了，好嗎？」

新城看著劉仲明和錢建華。劉仲明和錢建華回頭看著李登輝總統，李登輝總統緩緩地點了點頭。

「那麼，就拜託日本空軍了。和蘇澳司令部聯絡，要他們中止派遣１６８巡防艦隊前來。」

「不，可以這麼做。」

新城如此說道，劉也面露微笑。

「正如新城先生所說的，這樣比較好。這樣中國就會注意168巡防艦隊的動向，會誤以爲我們要搭乘168巡防艦隊，這就是聲東擊西的作戰方法，這樣很好。」

「我也贊成這個方法。」

錢建華輔佐官笑了。

「新城少將，看來我們三人的團隊合作又復活了，我們的戰略隊伍是天下無敵的。趁此機會讓這個團隊復活，真是具有百萬人之力。」

「的確如此，不知真實情況如何。新城先生，我們是否要以中國爲對手，攜手合作，玩一場戰略遊戲？」

劉以認真的表情看著新城，新城不禁苦笑道：

「如果我不是處於現在的立場，我會立刻贊成你的決定。」

「劉仲明特別顧問，你別太勉强他，新城先生現在對日本軍而言，是不可或缺的人物。」

錢建華輔佐官搖搖頭說。

5

台北　8月1日　下午1時

好熱，即使坐著不動都會冒汗。忠孝西路在陽光照射之下，呈現一片暑熱景象。道路路面冒起熱騰騰的熱氣，塞車不動的車子排放的熱氣，更使暑熱加倍。

北鄉譬走在被避難人民車子塞住的街道上。

引起政變的戒嚴軍的裝甲車配置在道路的十字路口上，機關槍朝向道路，台北的街道一夜之間成了戰時的街道。

中央機關和總統府所在的道路都被戒嚴軍封鎖了，因此塞車的情形更爲嚴重。一般車輛停下來，軍用車輛和裝甲車在街上奔馳，上空飛來無法辨識敵我的戰鬥機，每一次都會出現空襲警報，對空砲火對著藍天劃出白煙彈幕。

從昨天以來，就斷斷續續地停電，電視和廣播上的消息只能偶爾收到。台北的廣播電台已經被戒嚴軍控制。戒嚴軍只會播放對他們有利的消息，因此到底戰線在何處？形勢如何？都不得而知。

街上到處都是流言蜚語。有人說戒嚴軍已經控制台灣本島的三分之二以上，有的人則說只控制了台北而已。有的人說日軍、美軍會趁亂介入台灣的混亂局面，南部有中國軍隊登陸，支援戒嚴軍。哪些是真話，哪些是謊言，根本無法分辨。

從台北市南方郊外，不論晝夜方向，都會聽到遠雷般的轟隆聲響。發動政變的戒嚴軍和支持李登輝總統的舊政府軍，在距離首都南方三十公里處，進行激烈戰鬥。只有這些事是可以確定的事實。

市民擔心戰亂引起物資不足，街上商店充滿都是想要囤積貨物的人。

北鄉確認沒有跟蹤者，在雜沓的人群中快速前行。

「北鄉先生！」

他在人群中，聽到自己的名字被叫喚，不由得停下腳步，回頭看。

打扮得光鮮亮麗的肥胖男子站在那裡，那是前些日子安排自己去見劉仲明准將的姜敏男。

「快到這裡來。」

姜敏男招招手，用下巴指指巷子。

進入巷子之後，離開了擁擠的人群。姜一邊走，一邊對北鄉說道：

「聽說李登輝總統平安無事。」

「我聽說了，但他不是已經被殺了？」

「那只是政變軍隊的謀略，那是要讓人民失去戰鬥的意志。」

「他在哪？」

「已經逃離台灣，在琉球。」

「到了日本嗎？」

北鄉想著日本政府的反應。他想，此刻日本政府對於這個出乎意料的人物的到達，一定是慌了手腳。

「追擊李登輝總統的中國海軍，和守護李登輝總統的日本海軍，在琉球海域進行大海戰，結果日本海軍大敗中國海軍，獲得壓倒性的勝利。」

「你說什麼？海上自衛隊和中國海軍進行海戰嗎？」

「是的，不只是海軍，日本空軍和中國空軍也開戰，擊落了許多戰機。」

北鄉對這意想不到的事態很驚訝。

「怎麼會發生這種事情？」

「搭載李登輝總統的台灣海軍軍艦，逃入琉球的石垣島。雖然在日本領內，但追趕過來的中國海軍，仍然進行攻擊，因此日本軍才會反擊。」

「這樣恐怕會引發中日戰爭。」

「的確如此。這是日本無可避免的，恐怕只能站在台灣這邊作戰了。」

姜敏男莞爾一笑，北鄉卻笑不出來。

兩人離開了巷子，看到一輛賓士車停在那裡。姜打開車門。

「進去吧。」

北鄉上車後，姜跟著上車，命令駕駛開車。賓士車駛離狹窄的巷道。

「到哪去？」

「到南部。台北待不下去了。北鄉，戒嚴軍的秘密警察在監視你，現在最好逃到南部去。」

姜笑了起來。

「咦？就這樣到南部去嗎？」

「嗯。」

「但是我的護照、錢、一些重要的東西、行李都在飯店裡，我要去拿回來才行。」

北鄉似乎坐不住了。姜搖搖頭。

「已經不能回去了，飯店一定有秘密警察在等你。」

「你怎麼知道這件事？」

「戒嚴軍中有我的情報員，相信我說的話吧。」
「要是你事前先告訴我的話，我就可以做準備。」
「重要的行李留在飯店，他們就會安心，不會想到你突然消失得無影無蹤。」
姜以平靜的語氣說道。車子終於進入北鄉熟悉的通往基隆的道路。
「到哪去啊？」
賓士車並非開向南部，離開台北郊外之後，反而往東走，北鄉感到微微不安。
「不用擔心，經由陸路往南走很困難，先到東海岸的漁村，再趁夜搭船南下。」
姜以認真的表情說道。
北鄉因為事態變化快速，感到非常困惑。

6

中國　柳州　8月1日　下午3時

運輸卡車揚起滾滾沙塵，通過路邊。

劉小新肩上背著軍用背包，緩緩走在鄉間小路上。他舉起手來，希望經過的卡車停下來，但是沒有任何一輛卡車停下來。

他搭乘搬運船離開了珠海港之後，再搭船上溯西江，經過潯江、黔川，終於到達柳州。他打算從柳州走陸路到桂林，但戰事已波及桂林附近，交通因此斷絕。

劉小新首先必須到貴陽。離開貴陽後，再利用高速公路到達重慶，或是利用鐵路到達重慶。

到了重慶，就可以到中央政府軍的重慶軍司令部。問題是，從柳州到貴陽，再到重慶的道路中，到底前線已漫延到哪一條道路附近了。

在柳州大眾食堂，他聽說廣西軍的主力已經向北京軍施以重壓，向桂林方向展開行動。貴陽方向軍力較弱，商業用的運輸卡車可自由往來貴陽與重慶之間。

這些話是剛從重慶回來的卡車駕駛說的，應該可以相信。總之，走一步算一步。

聽這名駕駛說，柳州市街西方盡頭有運輸卡車聚集的貨物集貨所，有很多卡車停在那裡，可以問一問有沒人要雇用駕駛助手。

第幾十輛卡車從劉小新面前通過時，其中一輛發出剎車聲，停了下來。劉小新連忙跑到駕駛台下。

「請問你，可不可以帶我到貨物集貨所去？」

劉小新用廣東話問坐在駕駛座上的胖男人。

「可以，上來吧。」

這名五十多歲的男子用下巴指指助手席。劉小新趕緊繞到助手席，打開車門，放下背包，爬上座位。駕駛哼著歌，繼續開車。

「沒有談天的對象，正覺得無聊。我叫明玉珍，你叫什麼？」

「王敏，你好。」

劉小新爲了謹慎起見，使用假名。

「從哪兒來？」

「廣州。」

「到哪去？」

「想去重慶。」

「重慶嗎？」

明玉珍笑了起來。

「你爲什麼笑？」

「我的女人在那裡，是個好女人，在那的女人和她沒得比。」

卡車不斷搖晃，堆在後面貨架上的貨物也不斷搖晃。很明顯地，超載了。不知道是什麼貨物，堆得稍微往右傾斜，因此卡車也跟著傾斜。
「要到重慶，爲什麼要去集貨所？」
「找找看有沒有助手的工作。」
「哦，你要賺錢嗎？」
「是的。」
「去重慶做什麼？」
「找找看有什麼工作啊，聽說那裡的景氣不錯。」
「內戰前，不管在哪裡都一樣，沒什麼好工作。」
「我知道，但是廣州情形更嚴重，根本沒有工作可做。」
「你做什麼的？」
劉小新頓時爲之語塞。
「嗯，很多事情。」
「你不是軍人嗎？」
「不是，你爲什麼這麼說？」
「說話的方式啊，看來你不是個普通的勞工。」
明玉珍笑了。

「你真了解。我以前的確曾經是軍人，不過那是很久以前的事了。」

「哎，隨便你是什麼都可以，和我沒有關係。」

明玉珍粗暴地打開收音機的開關，結果聽到空電音。

「咦？壞了嗎？最近到處都鬧哄哄的，這是我剛花大錢買的日製卡車，雖然是中古車，但就像新車一樣，賣車的人是這樣説的，不過我還是被騙了，跑不到兩年，就開始出毛病了。」

明玉珍按下擺在座位上的錄音機開關，以很大的聲音播放日本歌謠。

「你聽過這首歌嗎？」

「聽過。」

「這叫做『北國之春』，我在卡拉ＯＫ唱過。」

「哦，那麼卡拉ＯＫ店的女人一定很喜歡你囉。」

「你很了解嘛。」

明玉珍露出被菸薰黑的牙齒笑了。

卡車到達泊船場附近，河上停著搬運船，成群的作業員開始卸貨。一旁停著幾十輛的卡車，街道上有以駕駛爲對象的自由市場。

「停在這裡好嗎？」

明玉珍將卡車停在自由市場前面。

「謝謝你的幫忙。」

劉小新拿起背包，跳下助手席。

「你要去重慶嗎？」

「是的。」

「你會開車嗎？」

「會呀，但是沒有駕照。」

明玉珍想了一下，說道：

「到重慶之前，你可以當我的駕駛助手。」

明玉珍笑了起來。劉小新考慮著此事。看來要在這裡找到搭車的駕駛，恐怕不是容易的事情。

「那就謝謝你啦！」

「你看起來很認真，我喜歡你，你要多少錢哪？」

「只要你帶我到重慶就可以了。」

「只要帶你到重慶就可以了嗎？你真是奇怪的傢伙。」

明玉珍愕然地看著劉小新。劉小新點了點頭，再次將背包放在助手席上，又爬上了車。

「到重慶去，一個人非常無聊，萬一睡著，發生意外事故，可就糟糕了。我們兩個人路上有伴，可以互相幫忙。」

劉小新坐在助手席上。車子的引擎發動了，後面冒出黑煙。

明將錄音機的錄音帶倒帶，很高興地開始唱著「北國之春」，和日本歌手一樣，用日文歌詞唱。

周圍是一片青翠的田園，生長著茂密的樹木。一條國道就在樹叢中延伸。

二線道的沙石路雖然已經舖設完成，但因爲照顧不良，有很多凹凸不良的地方。

滿載生活物資的一大群卡車行駛在路上，揚起滾滾沙塵。

開了一小時，卡車陸續進入險峻的山中。劉小新似乎睡著了，突然之間清醒過來，發現卡車引擎空轉地停在那裡。明玉珍以慌亂的神情看著前方。

「你起來了嗎?前面有盤查。」

窗外一片黑暗，前面是其他卡車的貨架。

前面幾輛卡車發出高亢的引擎聲，依序前進。前面的車子慢慢前進，停了下來。手電筒的光搖晃著。這裡是山中，左手邊是斜坡，下面是深谷。右手邊則是山崖。車子就停在山崖邊的道路上。

「是廣西軍的盤查嗎？」

「可能是吧，但是不用擔心，每次都能平安無事地通過。」

明玉珍好像在安慰自己。

劉小新在黑暗中打開背包口，伸手進去，手碰到自動手槍。萬一被敵人發現，得要想一些逃走的方法。

「没問題，交給我吧。」

明玉珍在微弱的光亮中，笑了起來。

前面的卡車開走了，明玉珍將卡車往前開。車頭燈用藍色顏料塗抹，微微的光芒照著幾個士兵。拿著自動步槍的士兵搖晃著手電筒，命令車子停下來。

戴著鋼盔的年輕士兵走近劉小新旁邊的窗邊，用手電筒的光照著他。劉雖然覺得刺眼，卻無法把臉轉開。士兵伸出手，不知該說些什麼。他的話是口音很濃的廣東話，劉不知道他說些什麼，沈默不語。

「……」

制服上掛著上士肩章的士兵，用小新聽不懂的話在說話，明玉珍則和對方對話，從手提包中掏出一份文件，交給上士。上士利用手電筒的光看著文件，說了幾句話。明玉珍在回答時，從膝下掏出了用報紙包著的厚厚的紙鈔，若無其事的交到上士手中。上士默默收下，收下之後就放進口裡。

上士做出通過的手勢。

這時，看到劉小新的士兵們突然尖聲大叫。上士以困惑的表情轉頭看著助手席的窗子。劉打算把背包拉過來，明玉珍卻按住劉的手。

「他說什麼？」

「要你拿出身分證。」

劉小新想糟糕了，被廣東軍逮捕時，身分證被沒收了。

雖然賄賂有效，但上士在部下面前，也要求劉小新拿出身分證來。

明玉珍趕快從手提包中再拿出一疊紙鈔，用報紙包住，又把紙包交給上士。上士勉勉强强地接過去，趕緊交給部下。士兵們不再說什麼，上士又再次做出通過的手勢。明玉珍面露笑容，將卡車開走。

盤查站的栅欄升起，車子在一片漆黑的道路上緩緩前行。

「讓你嚇了一跳吧。」

明玉珍苦笑道。

「對不起。」

「在你睡覺的時候，我已經看過你背包裡的東西了。」

劉小新手伸向背包。

「喂，喂，不用擔心，我什麼也沒做。我不知道你裡面放了手槍哦。」

劉小新從背包裡掏出手槍，對著明玉珍：

「你是誰？」

「喂，夥伴，不要這麼做嘛，我不知道你是誰，所以你也不要盤問我。爲了小心起見，我把手槍裡的子彈拿出來了，我怕你殺了我。」

明玉珍從口袋中掏出自動手槍的彈匣給小新看。劉小新仔細一看，彈匣被拔走了。

明玉珍笑著將彈匣還給劉。

「你真的是軍人。」

劉小新將彈匣重新裝好。

「那又怎麼樣？」

「你是逃兵嗎？」

「是啊。」

劉小新苦笑著，將手槍塞入背包中。

「你是哪一邊的？是北京軍的逃兵，還是廣東軍的逃兵？」

「你覺得我是哪一邊的？」

「看來你像廣東軍的逃兵，否則的話，你不會想逃到重慶去，看來你不是普通的逃兵哦。」

「什麼意思？」

「你當逃兵是有原因的。我想跟你討論一些賺錢的事情。到了重慶有人手，既然你以前是軍人，應該很習慣處理槍隻或是武器，我想借助你的能力。」

明玉珍敲敲自己的頭。

「到了重慶之後，你跟著我兩、三天，我要向你致謝。我要借重你的才能，你可不要說不哦。」

劉小新搖搖頭。

「要做什麼？」

「以軍人爲對手，我有點事情要辦。」

「與北京軍爲對手嗎？」

「不管對手是誰都可以啦，這是很輕鬆的工作，兄弟你不要擔心，交給我來辦吧。」

明玉珍笑了起來。

7

上海　四平路　8月1日　晚上7時30分

上海的街道已經呈現黃昏的景色，但白天的熱氣還留在街頭巷尾，很多人都搬張椅子坐在家門前乘涼。

巴士和小巴士不斷按著喇叭，穿梭在四平路上。巴士旁邊有幾輛自行車和一大群的機車，塞滿了道路，行駛在四平路上。

北鄉弓在一大群自行車中，緊握著自行車的把手，看著騎在前面的小蘭的背影，拼命地踩著踏板，有時碰撞到旁邊的自行車，會被罵一頓。

不要叫那麼大聲嘛，我不會騎自行車，有點搖搖晃晃也是沒辦法的事，我已經很努力了。

弓很想用日本話罵回去，但還是按耐住自己的怒氣。他看到小蘭巧妙地穿梭在車陣中，慢慢地騎在路邊，有時回頭看著弓，用頭指示前進的方向。

知道了。弓勉强轉動把手，跟著小蘭，將自行車騎到路邊。弓騎車的方式使得騎在他後面的幾個人怨聲載道，但是弓伸伸舌頭，不管他們，繼續騎自己的。

終於，自行車進入了以前看過的住宅街的巷子。因爲没有燈火，因此乘涼的老人和跑跳的孩子常會被自行車撞到，但是弓還是緊抓著把手，穿過人群，勉勉强强將車停在目的地的住家前面。

「没想到弓這麼不會騎自行車啊！」

小蘭愕然地看著弓，弓覺得自己心靈受傷了。

弓在心中想，小蘭從孩提時代就慣於騎著自行車，穿梭在擁擠的人群中，但是日本人不可能騎著自行車，穿梭在東京都心。

弓推著自行車和小蘭並肩前行。小蘭注意周遭的人影，檢查看有没有人跟蹤或是監視。弓也注意周遭的狀況。要說奇怪的話，每個人都奇怪，甚至連幼稚的小孩，看起來都像是告密者，所以還是不要去管追蹤者或監視者，就任憑女人最拿手的直覺來判斷吧。

他如果不這麼想，心情恐怕無法平靜下來。要他過膽顫心驚的日子，與他的個性不合。

在住宅街的一角，二層樓建築和三層建築的住宅有屋簷和走廊銜接，其中承包皮製工廠的二樓，就是地下活動指揮所。

通常是進入這工廠的出入口，爬上樓梯，到二樓去，但弓等人則利用狹窄巷道的逃生梯當出入口。

這雖是皮革縫製工廠，但只是家庭手工業小型工廠，只有十幾個員工。能用利銳剪刀剪斷皮革的老練工人有三個，其他則是從鄉下到這裡來賺錢的年輕女孩，有五、六個，其他則是附近的主婦，有四、五個在此打工。

他們從一大早忙到深夜，一整天工業用縫紉機的踩踏聲音不曾斷絕，搬運原料和商品的人一直出出入入。

對於聚集在二樓的反政府革命家而言，的確是很好的掩護。

縫紉工廠的擁有者就是于正剛。不過于正剛只是背後的資金提供者，表面的經營者叫做羅立貴。

令弓感到驚訝的是，這名男子是上海公安局的副局長。

這位羅副局長和于正剛有什麼關係，他不知道，但根據小蘭説，于正剛用大筆金錢收買了這名公安。

雖説他是經營者，但事實上工廠是由聽命於于正剛的廠長和職員負責，羅社長幾乎不會到工廠來，只有在節慶儀式時，一年來一、兩次而已。

但還是不能掉以輕心。在中國取締反體制團體的組織不只是公安，還有秘密警察的國家保安部，以及將反體制運動視爲眼中釘的武裝警察隊，也就是所謂的武警。此外，軍隊的諜報組織也十分活躍，彼此之間有對抗意識，競相揭發反叛者，加强取締。

所以即使工廠和公安有關，也不能全然安心。如果公安在暗地裡做這些事被知道了，基於報復的心理，反而會被揭發，所以更需要小心謹愼。

小蘭最後確認一次巷子裡沒有可疑的人物之後，加快腳步，走進巷子裡的小路。那是只有一人才能通過的狹窄通路，一直都濕濕答答地，充滿小便臭味。弓不喜歡這條小路，但沒有其他通道，只好停止呼吸，以小跑步的方式通過。

爬上逃生梯之後，有厚厚的門板。屋簷下架著不顯眼的電視攝影機。弓對著攝影機伸舌頭。

小蘭苦笑著，按下門上號碼鎖的密碼，聽到裡面鎖打開的聲音，轉動門把。

「進去吧。」

小蘭進去屋內。狹窄的走廊上，在門側的小房間，有監視人員一天二十四小時輪班監視。

小房間裡擺了四台和監視攝影機連接的螢幕。不光是通往地下活動指揮所的出入口，和四平路相連的巷子、小巷子，以及縫紉工廠內的情形，都能一目了然。

弓對陌生的監視人員揮揮手，進入房間。

通道裡還有四個房間，其中一間是大家用秋葉原暗號來稱呼的電子基地。

這房間裡擺了電腦終端機，不停用電腦作業。後面的房間依序是作戰會議室、餐廳兼起居室，和臨時的睡房。走廊盡頭則是廁所兼緊急逃生口。

廚房就在工廠職員餐廳的隔壁。廚房是由地下皮革倉庫的一部分改造的，當成秘密的武器庫和糧食庫。

屋頂陰暗處用樹枝和樹葉掩護架設的衛星天線。旁邊有儲水槽，可以進行一個月左右的籠城戰。

「哥哥。」

弓和小蘭分開，進入電腦室時，在微暗的房間裡，拍著面對電腦螢幕的北鄉勝。

「是小弓啊，漢堡買回來了嗎？」

勝一邊繞著脖子，一邊按下按鍵。十台左右的電腦全都插上電源，都有年輕的店員在操作著。

「買了啊！」

弓從繁華街上買回漢堡，在每個人面前都放一袋。

「謝謝！」「Thank you.」「謝啦。」

這些人向弓道謝。勝則注視著螢幕，看都不看弓。

「巷子裡有沒有什麼變化？」

「在街上聽說昨天中國海軍和空軍被日本的海上自衛隊、航空自衛隊修理得慘兮兮的。」

「不是聽說，從美國海軍洩漏給CNN的情報顯示，中國海軍的一艘驅逐艦被擊沈，一艘護衛艦被擊沈，還有一艘護衛艦受到嚴重損傷。空軍的殲擊7型戰鬥機有八架被擊落，海上自衛隊則毫髮無傷，空軍自衛隊喪失二架鬼怪戰鬥機，不過似乎救出了飛行員。美軍則以衛星和雷達觀察戰鬥的情況。」

「沒有出手幫忙嗎？」

「別說得這麼無情嘛，海上自衛隊和航空自衛隊不希望戰爭擴大，因此沒有提出要求。」

「你怎麼知道這些？」

「日本政府雖然獲勝，可是官房長官召開記者會時，並沒有提到這些事情，只說中國軍侵犯領海，自衛隊展開自衛行動，和中國軍進行小規模衝突，日本方面損害輕微，中國方面損害不明。」

弓感到很訝異。難道從網路得來的情報嗎？

「你從哪裡知道這些的？」

「NHK的衛星放送現在正在播放啊！」

勝按下按鍵，螢幕上正播放著NHK—BS11的節目。

「連這些事情你都消遣我，我是拼著命去幫你們買漢堡耶。真過分。」

弓輕敲勝的頭。

「北鄉先生。」

一名監視人員看著畫面，叫喚勝。

勝伸伸懶腰，走進戴著深度近視眼鏡的少年冬冬。

「什麼事啊，小冬？」

「已經進來了一點，但好像有什麼地方出錯了。」

畫面上都是數字。弓站在勝的旁邊，看著畫面。

數字不斷改變，終於連了起來，好像是數字行列在行進似的。

但是數字突然消失，接著出現請求密碼的中文。畫面一角上，顯示器上的數字以百分之一秒爲單位開始減少。

『說明存取者所屬、階級、密碼』的文字閃爍著。

突然顯示器的電子警報響起。

「糟糕，被對方反偵察，立刻切斷。」

冬冬趕緊切斷回線。勝鬆了一口氣，點了點頭。

「這是第二次了。」

「不，是第三次了，到底什麼地方不對？」

冬冬興奮得臉頰都紅了。

「嗯——」

勝思索著。

「密碼是對的，難道有什麼特別的存取方法嗎？」

「一定有不會碰到警報裝置的存取方法，大家都要向它挑戰。沒有絕對破不了的安全措施，也沒有無法解讀的暗號。」

勝鼓勵大家。

「到底要從哪裡進入？就決定用『毛澤東』吧。」

「那不是已經死去的領導嗎？」

「那是通稱，也就是中國軍中樞的軍事電腦，存取在那裡，要是遇到萬一，就使情報混亂，是激烈的電子戰爭。」

勝看著衆人。

「他們是在未來這場戰爭中，閃耀光輝的戰士。」

少年們大口咬著漢堡，臉上露出笑容，看著顯示器，敲著鍵盤，移動滑鼠，和在街上電動玩具中心興奮地玩電子遊樂器的少年一樣。

弓搖搖頭。

「弓，你在嗎?阿進回來了。」

小蘭探頭看著房間，後面跟著劉進。

「劉進，什麼時候回來的?」

弓笑著迎接劉進。劉進以疲憊的神情點點頭。

「不久前。」

「情況怎麼樣?」

劉進和趙忠誠隊長一起到南京去，和當地的同志策畫戰線的統一。

南京地區的游擊部隊才剛成立，不光是不習慣鬥爭，而且兵員大多訓練不足，要進行包括訓練這些兵員在內的游擊戰。

「做得很好。從彈藥庫弄來大量武器，剩下的爆破掉了。」

劉進以安心的表情微笑著。

曾幾何時，劉進已變成成熟的大人，弓以信賴的眼神看著劉進。

小蘭挽著劉進的手臂，好像在說這個人是我的，回看著弓。

看到兩名女子劍拔弩張的樣子，北鄉勝搖搖頭。

8

台灣南部　高雄機場上空　8月2日　5時10分

破曉時分，航空自衛隊C—1運輸機朝台灣高雄機場飛行而去。

兩小時前的三點十分，飛機從石垣島機場出發。四架C—1運輸機離開石垣島之後，各自朝不同方向飛去。

一架經由那霸飛往東京，一架飛向硫磺島，還有一架經與那國島後轉變方向飛往那霸。另一架真的載著李登輝總統一行人的運輸機，則朝關島飛去，在中途盤旋後，到菲律賓近海南下，朝台灣南部飛去。

每一架運輸機都有航空自衛隊的F—4EJ鬼怪戰鬥機隊，以及F—15J老鷹戰鬥機隊護衛，各自進行引開敵人的工作。

同時，美國第七艦隊F—18大黃蜂戰鬥機隊，以及F—14雄貓戰鬥機隊也起飛，在空中待命，以防中國空軍發動攻擊。

另一方面，八月二日凌晨一點，蘇澳中正海軍基地第168巡防艦隊有六艘船艦朝石垣島出擊。

第168巡防艦隊因爲是第七個創立的艦隊，因此通稱爲「第七艦隊」。

向美國海軍租借的六艘濟陽級護衛艦，分別爲FF935「蘭陽」、FF936「海陽」、FF937「淮陽」、FF932「濟陽」、FF933「鳳陽」和FF934「汾陽」。

這些護衛艦的基準排水量爲三八七七公噸，速率二七節，標準配備爲魚叉SSM反潛火箭SUM兼用八連裝發射機、一二七釐米五四口徑單裝速射砲一門、二十釐米CIWS一座、三二四釐米魚雷發射管二座，SH—70對潛直升機一架。這就是台灣最强的海軍艦隊。

第168巡防艦隊完全關掉無線電，朝琉球海域出擊，所以中國空軍總參謀部不知道李登輝總統到底搭乘什麼樣的交通工具。

在C—1運輸機座艙內，劉仲明特別顧問雖然坐得很不舒服，但臉上露出笑容。

李登輝總統也很鎮靜地戴上老花眼鏡，開始閱讀。

C—1運輸機是只注重功能的飛機，沒有隔音設備，因此雙發引擎聲傳進整個艙內，甚至無法交談。在噪音中，行政院長呂玄、外交部長薛德餘以及國防部長謝毅等人，都睡著了。

劉仲明特別顧問想，這也是不得不然之事，自己也是從離開基隆後，就沒有輕鬆地睡過一覺。

進入座艙內的錢建華輔佐官，回到後部飛機庫機內。

「作戰完全成功了。」

他大聲叫道。聽到這聲音，正在看書的李登輝總統緩緩抬起頭來，劉仲明特別顧問大聲應答道：

「看來確實如此，第168巡防艦隊也不會想到李登輝總統竟然搭乘運輸機回高雄，他們可能正想去救李登輝總統，所以才會朝石垣島前進。中國軍總參謀部就算看到有幾架運輸機，但會以爲是聲東擊西作戰法，不會加以理會，只會一直盯著第168巡防艦隊。照他們想，李登輝總統應該不會搭乘日本的空軍機。」

「對第168巡防艦隊的人真是很抱歉。」

李登輝總統搖搖頭。

「戰術的鐵則，要欺騙的話，就從同志開始欺騙。」

錢建華輔佐官笑著說道。劉仲明特別顧問也用力點頭。

以前在史丹佛戰略研究所時，他們和新城大尉三人一組，經常欺騙同志陣營，威脅敵人陣營，此刻兩人想起了當時的事情。

C—1運輸機大幅度傾斜，改變方向。從舷倉可以看到海裡有許多珊瑚礁，而且有個大島。

「總統，那就是蘭嶼島了，小島就是小蘭嶼。」

李登輝總統什麼也沒說，只是緊盯著蘭嶼島看。

機長高木二佐走進來。

「李登輝總統，來自高雄軍司令部的聯絡，您要跟他說話嗎？」

「好。」

李登輝總統在劉仲明特別顧問和錢建華輔佐官的陪同之下，爬上通往狹窄的飛機庫的階梯。

李總統坐在機長座上，駕駛將耳機戴在李總統頭上。

『這裡是高雄軍司令部，我是司令官黃中將，是李登輝總統嗎？』

「是的，我是，讓你擔心了。能夠平安無事地回到國內，真是神的恩寵。」

『總統，第168巡防艦隊一心想去迎接您。』

「是的。」

站在後面的劉仲明特別顧問和錢建華輔佐官對看了一眼。

『我會立刻派護衛的戰鬥機隊到你那裡去。』

「謝謝，我也希望早點到達，和大家一起商議。」

『我想你已經知道了，發動政變的叛軍是以背叛者袁元敏爲首的人。他們創立了新政府，如果總統不出面的話，和他們對抗起來，我們立場較弱，但現在我們就像得到了百萬力量一樣。』

駕駛員開始以英文和對方交談。

「這裡是JSDF特別機A－1。」

『這裡是台灣空軍飛行隊，即將前來誘導貴機。』

「收到。」

駕駛員答道，看向前方天空。

「總統，這是前來迎接的經國號戰鬥機！」

李登輝總統隔著座艙的窗户看著前方的天空。

四架IDF「經國」戰鬥機大幅度旋轉，機翼左右擺動飛行而來。

無線電的聲音透過揚聲器傳遍整個座艙。

『這裡是航空自衛隊，我們的任務終了了，請台灣空軍繼續護衛。』

「收到。辛苦你們了。」

高木機長透過麥克風回答。李登輝總統拿著麥克風以日語說道：

「謝謝三〇二的飛行員保護我們，我在此衷心表示感謝之意。」

『收到。』

聽到這個聲音時，C—1運輸機右方上空的兩架F—4EJ鬼怪戰鬥機擺盪著機翼飛走了。

左方上空的另二架鬼怪也飛走了。每架飛機機身上都印著鮮紅的日本太陽旗。

鬼怪離去之後，C—1運輸機兩側跟著「經國」戰鬥機。

李登輝總統和機長交換座位。

「不久就到達高雄了。」

「謝謝你們的幫忙，我一生都不會忘記你們的。」

李登輝總統拍拍高木機長的肩膀，然後回到機內去。

終於，綁好安全帶的燈亮起。劉仲明特別顧問和錢建華輔佐官以及李登輝總統，一起坐在座位上，綁好安全帶。

9

北京　總參謀部作戰本部室　8月2日　6時30分

「什麼！李登輝到達高雄了！」

楊上校用力敲著會議室的桌子，站了起來。

空軍少校卓康勝氣得臉都紅了，憤怒地提出報告：

「第168巡防艦隊只是偽裝艦隊，因此，正如我們最初提出過的想法，在運輸機起飛之時，我們就說過，其中一架可能就搭載著李登輝，應該派戰鬥機隊追擊。」

「夠了，卓少校，現在說這個已經太遲了。」

空軍上校何炎阻止卓少校說下去。卓少校仍然憤憤不平。

「的確，這次上了敵人的當，我們太掉以輕心了。」

秦中將似乎一點也沒有深受打擊，微笑地看著衆人。

「秦作戰同志，現在應該笑不出來了吧。」

楊上校似乎終於按捺住自己的怒氣。秦中將笑道：

「讓李登輝逃走，的確是一大失敗，但也有起死回生的一手。」

「哪一手？」

「周上校同志，航空母艦戰鬥群在何處？」

「現在在釣魚台西方三十公里附近。」

周海軍上校看著狀況顯示板，用粉筆標出航空母艦群的位置。

以航空母艦「大連」爲旗艦的北海艦隊航空母艦戰鬥群，有航空母艦一艘、輕航空母艦一艘、飛彈驅逐艦四艘、飛彈護衛艦四艘、普通型驅逐艦四艘、普通型護衛艦二艘、補給艦一艘，是中國海軍裡最强的航空機動部隊。

航空母艦「大連」和輕航空母艦「旅順」兩艘所搭載作戰航空機總共有三十六架，與美國第七艦隊的航空母艦戰鬥群相較，戰力雖小，但對台灣海軍和海上自衛隊而言，戰力還是相當强大。

命令「大連」、「旅順」等航空母艦戰鬥群出擊，藉著航空母艦的戰鬥力，將第168巡防艦隊以及由其護送回台的李登輝總統一起擊毀，這是楊作戰室長和周海軍作戰部長的作戰計畫。

但是沒想到，完全被騙了。

「雖然擊滅李登輝作戰計畫失敗，但不可輕易放棄目前的情勢。周上校同志，讓航空母艦戰鬥群繼續留在該處。」

「但是，美國第七艦隊的第五航空母艦戰鬥群可能會壓迫我們。」

周上校指著狀況顯示板上第七艦隊的位置。第七艦隊在琉球本島西方的東海上，正好從東北方包圍北海艦隊航空母艦戰鬥群。

「没關係，今後，航空母艦戰鬥群要慢慢北上，表現出打算進駐日本近海的行動，拖住第七艦隊。」

「原來如此，這個想法的確不錯。」

一直保持沈默的賀堅上校開口説道。

「這是怎麼回事呀？」

楊上校以困惑的表情問道。賀堅上校没有回答，轉問周上校道：

「台灣本島攻略作戰第二階段，準備已經完成了嗎？」

「隨時都可以出擊。原來如此，是這麼回事啊！」

周上校不愧是海軍作戰部長，立刻就瞭解了。

「那麼趕緊下達命令吧，等到第二階段才指示就太晚了。八點命令第一陣出航。」

秦中將看著眾人。楊上校至此終於瞭解了秦中將的想法。

「哦，原來是讓航空母艦『大連』戰鬥群拖住第七艦隊戰鬥群以及日本空、海軍，然後大舉登陸防守力薄弱的台灣，解放台灣。」

「那麼，中央軍事委員會決定的對日戰爭又該如何是好呢？」

賀堅上校提出問題。秦中將笑道：

「追二兔者將無所得，首先是台灣，然後是琉球，再來是日本。」

在座的作戰參謀對秦中將所說的優先順位，都點頭同意。

10

台北市　臨時總統府　記者會會場　8月2日　9時

總統府突然召開記者會，國內外的記者不知道發生了什麼事情。會場上已經架設了幾台電視攝影機，也有來自世界各國的記者報導群。

不久之後，台上出現新總統袁元敏，以及戒嚴軍的將官，喧鬧不停的記者安靜了下來。

司儀調節麥克風，告知記者會開始。

新總統袁元敏以略顯疲憊的神情站在台上，雙手扶著講台，開始說道：

「國民黨決定和共產黨進行國共合作。中華民國臨時政府這次因爲國共合作的問題，決定要求中華人民共和國政府派遣部隊到台灣來……事情是……」

會場剎時吵起來，袁元敏新總統的聲音都聽不到了。

「安靜，請安靜。」

司儀慌忙制止會場的記者，記者紛紛走到走廊，拿起行動電話，將袁元敏新總統的決定通知回去。

喧鬧聲終於結束，記者會會場一片安靜。

「這個決定是爲了鎮壓台灣南部持續對革命政府以武力抵抗的的叛軍。在兩國政府同意之下，台灣本島不可能交給中國政府，因此中華民國國民不要被想要分裂台灣的人，或是想要將中華民國從中國獨立出來的反中華民族主義者所惑，而要瞭解臨時革命政府的方針。在此，我再度强調，中國只有一個。

今後，中國義勇軍會支援臨時革命政府，戒嚴軍也會全力投入，撲滅分裂主義者與分離主義者，希望能統一台灣，因此聰明的國民，一定要以同胞的溫情，歡迎中國義勇軍……完畢。」

「有問題！」

「有問題！」

會場的發問聲此起彼落，有幾個人站起來搶奪麥克風。

「只能提兩、三個問題，請大家幫忙一下。」

司儀開口說道。袁元敏新總統看了會場一眼，指名一名女性記者發問。

「我是先驅論壇報的凱薩琳。請問，您讓中國軍隊進入台灣，會不會擔心他們乘機奪取台灣？」

「既然中國政府同意國共合作，我想他們應該不會破壞約定。」

「每一次國共合作，都是中共破壞約定，由歷史來看，這次中共也可能會破壞約定。」

有一名記者追問著。

「我已經回答過了，他們會遵守約定的。這個信賴如果瓦解，我們就會和他們作戰。而且我們將在國際上公開發表協定，相信中國方面也不會不顧國際輿論，絕對會遵守協定的。」

「我是共同通訊記者。請問中國軍隊什麼時候、在哪登陸？」

袁元敏新總統回頭看著旁邊的將官，說道：

「關於這個問題，由參謀長丁中將說明。」

丁中將將眼鏡往上推，說道：

「本日此刻，接受我方要求的中國軍部隊已經沿著空路到達機場。同時，在海上方面，也有部隊分別搭乘運輸船，將於北部海岸港口陸續登陸。至於具體的登陸地點，是軍事上的秘密事項，這點希望各位能夠了解。」

「根據情報顯示，李登輝總統現在在高雄，關於此事，不知道你們有什麼想法？」

一名美國記者問道。

「我必須告訴你，他已經不是總統了。逃亡者李登輝出現在高雄，我也聽說了。他不反省自已的施政情形，反而反對我們革命政府，這真是非常遺憾，希望他能早日投降，才能避免台灣分裂。希望他能想起一個中國、一個中華民族的理念。」

一名紅髮青年站了起來。

「法國通信社。李登輝總統的政府主張他們才是正統政府，關於這點，你有何看法？」

「我們是正統政府，李登輝現在已失去總統一職，他應該認識到，他已經沒有任何的正當權力了。」

「對於袁元敏先生而言，是不是也可以這麼説呢？」

「只是見解不同而已。還有没有問題，這是最後一個問題了。」

袁元敏很不高興地指著附近的一名中國記者。

「人民日報。中國義勇軍來支援時，由誰掌握指揮權？」

袁元敏和旁邊的丁中將對看一眼，丁中將答道：

「義勇軍的現場指揮由中國軍的指揮官負責，但總指揮是革命政府軍司令官。」

「那麼兩軍意見不同時，以誰爲準呢？」

其他記者繼續提出問題。

「……」

丁中將沈默不語。

「啊，時間到了，記者會結束了。」

司儀立刻宣布問題結束。台上的袁元敏總統等人迅速離開，記者則以行動電話開始聯絡。

11

台灣海峽 台灣北部觀音海岸海水浴場 8月2日 上午9點30分

平靜的波浪不斷拍打著海岸。

台灣陸軍第二步兵師團第一九偵察小隊的蔡少尉率領部下二十八人，潛行深入戒嚴軍支配地區。

他們全部穿上野戰迷彩服，鋼盔上插著草木樹枝，沿著海岸線朝山林挺進。

蔡少尉生長的故鄉在新竹附近，早已見慣了這種地形。海岸岩場較多，是平淺灘。他們在海岸附近從黎明前就發現，戒嚴軍工兵隊展開奇妙的行動。

戒嚴軍在海岸的岩場點燃篝火，在海岸敷設對舟艇用水際地雷，並在危際的地區則插著紅旗，以便於識別。

另外還爆破一部分的險峻岩場，好像是要讓別的部隊能夠順利登陸。

「狐狸通知大隊本部。」

蔡少尉用通信兵的無線機報告狀況。

「了解，持續警戒監視。」

本部對戒嚴軍的行動似乎很驚訝。

過了一個小時，工兵隊的動作突然加快，開始整地作業。

拿著望遠鏡的士官長突然大叫一聲，將望遠鏡交給蔡少尉。

「你看！」

蔡少尉用望遠鏡對準士官長所指的方向，屏息凝神。在海面上，艷陽中有舟艇挺進，數量數都數不清，影像愈來愈大，終於看得非常清楚了。

蔡少尉從通信兵手中把通話器拿過去。

他躲在松樹蔭中用望遠鏡觀察，來的不僅是登陸用舟艇，還有幾百艘民間漁船。

這真是從未見過的大船隊，每一艘船都插著鮮紅色的五星國旗。

「狐狸通知大隊本部。」

蔡少尉小聲叫道。

『這裡是大隊本部，狐狸，怎麼樣？』

「看到大船隊！數目不明！」

『什麼？數都數不完嗎？』

「總之，全都插著中華人民共和國的紅旗。」

帶頭的舟艇團即將上岸。舟艇擱淺在海岸淺灘，完全武裝的士兵跳入水中，開始登陸。

戒嚴軍的士兵則拍手鼓掌，歡迎他們。

「他們開始登陸了，都是人民解放軍部隊。」

『這是怎麼回事？難道是中國軍進攻嗎？』

「的確是人民解放軍。」

這時，槍聲對準蔡少尉等人傳來，蔡少尉驚訝地看著旁邊的敵人。

不同何時，在附近別處海岸登陸的其他中共軍士兵已經散開了。

「敵襲！敵襲！」

蔡少尉命令部下反擊。從正面登陸的部隊，也對著蔡少尉的偵察小隊展開射擊行動。

「開槍！開槍！」

蔡少尉命令部下反擊，登陸部隊也著劍開始突擊。

不斷攻擊過來的敵人，就像浮塵子似的開始突襲。

「大隊本部趕快砲擊，砲擊！」

蔡少尉大叫道。

『狐狸！告知砲擊座標。』

「砲擊我們所在的地方，没關係，開始轟炸！」

周圍立刻出現迫擊砲彈的狂風暴雨，被突擊的人民解放軍的士兵紛紛被轟倒。

蔡少尉拿起槍不斷掃射敵人。

直到最後他彈匣裡的子彈都用光了，突然眼前一亮。

瞬間蔡少尉想起了家人，接著爆風粉碎了他的身體。

12

東海艦隊玉康級戰車登陸艦「玉康」，載著人民解放軍海軍步兵（海兵隊）二百人，以及T—59戰車十輛，朝前面的海岸線全速航行。兩艘和「玉康」並行玉康級戰車登陸艦也一齊前進。它們來到淺灘觀音海岸沙灘，幾艘小型的兵員登陸艦已經登陸，先遣偵察部隊和戰鬥工兵隊的戰鬥員也登陸了。

『靠岸前十分鐘！全員準備靠岸！』

擴音器傳出命令，登陸艦的水兵跑向前部起重機和揚錨裝置，希望在靠岸的同時就開始登陸。

兩舷的斜後方有小型登陸艇一起隨行。

「玉康」之後，在驅逐艦、飛彈艇的護衛之下，還有幾十艘中型登陸艦和兵員登陸艇，朝著海邊前進。

中國海軍的登陸艦艇主力有戰車登陸艦十九艘和中型登陸艦三十五艘，合計五十四艘，登陸艦艇群的運輸兵員則約爲七八五〇人，戰車三八三輛。

在登陸艦艇群之後，有幾百艘小型兵員登陸艇和戰車登陸艇，以及搭載兵員改造漁船和改造渡輪船等大船隊。

「玉康」等戰車登陸艦和中型登陸艦上，分別搭載了強襲登陸部隊中國海軍海軍步兵精銳一個旅團五千人，以及強襲特殊部隊二八五〇人。

海軍步兵部隊等強襲登陸部隊要確保海岸部分的橋頭堡，然後讓後面跟著的改造漁船以及改造渡輪船上的步兵師團登陸。

符海軍步兵上尉壓著鋼盔，站在船頭看著前方的海岸線。

海岸的平地和防砂林地帶，有敵人的猛烈砲轟，到處都看得到噴煙、土煙。先遣偵察部隊的士兵就在噴煙之中。

符上尉想到接下來可能會發生在自己身上的事情，不禁顫抖了起來。

距離海岸不遠的同志的驅逐艦和砲艦，不停攻擊遠處內陸敵人的砲兵部隊，天空出現幾十幾百條火箭彈尾的雲，伸向台灣本島。

１００單門裝砲和七六釐米砲猛然狂叫，對在海濱登陸的偵察部隊進行支援砲轟。

上空傳來噴射機引擎特有的金屬聲。

空中發生爆炸。無法辨別敵我的戰鬥機冒出黑煙，從上空衝下來。

不斷旋轉反轉、無法分出敵我的戰鬥機，在雲中進行混亂的空中戰。

同志的殲擊７型戰鬥機和殲擊６型戰鬥機，迎擊敵人的Ｆ—５老虎戰鬥機，和敵人的Ｆ—１０４Ｇ戰鬥機，果敢地進行戰。

「登陸前五分鐘！」

艦內的擴音器持續發出聲音，好像做爲信號似的，上甲板下的車輛甲板轟隆傳出戰車引擎聲。排在車輛甲板的Ｔ—59戰車，陸續發動引擎。

在船艦上甲板待命的隊員們，全都神經緊繃。

風不斷吹著桅桿，風力打在艦首濺起了水花，打濕了符上尉和小隊長韓少尉。

神情緊張的士兵們在船頭兩側的機關槍座抓緊機關槍。

「好啦！大家就照平常訓練一樣，平靜下來，趕快登陸。」

站在艦首機關槍座的符上尉重新扣好鋼盔的帶子，對著躲在兵員用甲板下的中隊部下大聲喊道：

「各位，我們是人民解放軍的先遣部隊，敵人比以往的敵人更難以應付，但是敵前登陸一定要成功！」

「是！」

士兵們全都高舉雙手。分隊長上士大聲叫道：

「聽說台灣姑娘有很多都是美女哦，你們就當來野餐好了！」

士兵哄堂大笑，全都不再緊張。

小隊長韓少尉大叫道：

「不要忘記你們是人民解放軍！」

「哦！」「哦！」

士兵抓起突擊槍，很有氣力地唱和著。符上尉很滿意地和韓少尉對看。

傳來咚地爆炸聲，周邊海面升起水柱，海底的岩石和沙一起被噴了起來，灑在登陸艦的甲板上，大家全都趴了下來。接著又是此起彼落的爆炸聲。

「隊長！大隊長的聯絡！」

通信兵將無線電話機的通話器交給符上尉，符上尉推起鋼盔，耳朵貼著聽筒。

『符上尉，接到偵察部隊的聯絡。登陸地點的水際地雷、對戰車地雷已由工兵隊去除，未處理地區插有黑旗，登陸時要注意。』

「了解。敵人的砲轟非常激烈，請趕緊聯絡，擊潰敵人砲兵隊。」

『現在已由海空兩方面擊潰敵人砲兵隊。』

「了解。」

『準備靠岸！準備靠岸！』

擴音器發出指示，艦尾方向傳來下錨的聲音，鎖鏈發出大聲響，潛入海中，戰車登陸艦「玉康」急速減速，進行逆推進，引擎發出了怒吼聲。

通話器中傳來大隊長的聲音。

『登陸後第一中隊控制正面的禿山，建立前哨陣地。』

「了解。第一中隊控制正面的禿山，建立前哨陣地。」

『全力以赴！』

「全力以赴。」

符上尉將通話器交還給通信兵，台灣的綠色大地就在眼前。

砲彈在周圍著彈，沙石全都彈跳起來。在距離稍遠位置航行的登陸艦也受到砲轟，側面終於冒起了黑煙。

「隊長！不久就靠岸了！」

韓少尉大喊道。

「很好！準備登陸！」

符上尉看著前方的海岸，同志的戰鬥工兵點燃白色發煙筒，指示登陸地點。

擴音器傳出指示。

「靠岸！靠岸！」

戰車登陸艦「玉康」繼續減速。船艦好像突然碰到什麼東西，符上尉身體往前傾，抓緊扶手。

艦底摩擦沙地，船身劇烈上下左右震動，可以聽到壓艙水箱抽掉空氣的聲音。

尖銳的笛聲響起。

「打開前門！」

擴音器大吼著。

「全體！登陸！」

符上尉命令部下。

前門濺起了水花往前倒，船身劇烈搖晃。

左右舷側的小型登陸艇引擎全開，支撐著戰車登陸艦的船身，防止被風吹拂。艦首擱淺在沙灘上，因此很容易被風吹開。

通往前門的路已經清理出來了。

「走吧！」「登陸！」「快走!快走！」

符上尉和韓少尉率先跑向前門。後面傳來波浪拍打的聲音。

符上尉拔出腰際的手槍，跳入海水中，朝沙灘跑去。海軍步兵手上拿著槍，大聲叫著，跑向海灘。

厚鐵板門上發出劇烈的履帶聲響，T—59戰車也開進了海水中。水花四濺，鐵門發出巨大聲響。

「散開!散開！」

符上尉跳入沙灘的砲彈洞中，部下散開在海灘邊。

周遭是淒厲的砲轟，沙石全都揚了起來，襲向身體。

「第一中隊往前攻擊禿山!前進！」

符上尉大吼道。韓少尉率領部下從洞中跳出，朝防風林跑去。

「第一小隊往前!快走！」

「快跑！」「快走！」「衝啊！」「衝啊！」

中士、上士都大叫著，海軍步兵往前挺進。

「突擊！突擊！」

喇叭手吹著突擊喇叭信號，符上尉跟著通信兵跑向前方。

剛登陸的戰車繞過砲塔，跟在海軍步兵後面前進。

此時的海邊，中型登陸艦和兵員登陸艦陸續到達，放出兵員和戰車。

上空則有殲擊7型戰鬥機和F—5老虎戰鬥機展開激烈的空中戰。符上尉跑進防砂林，用望遠鏡看著前方的禿山，似乎可以看到水泥堡壘陣地。

敵人似乎還在堡壘中。槍眼冒出白煙，傳來機關槍吠叫的聲音。

「很好！聯絡本部，請求航空支援，擊毀前方堡壘。」

「了解！」

通信兵對著無線電通話器覆誦符上尉的命令。

第一小隊的隊員很快就接近堡壘前方，但遭受到激烈的射擊。

符上尉趕緊朝禿山方向前進。上空一架强擊6型攻擊機翻轉，火箭彈命中堡壘就飛去。堡壘爆炸半毀，不再進行射擊。

小隊隊員登上堡壘，用槍掃射敵兵。

有幾個人跑上禿山頂上，拔掉海軍步兵的旅團旗。

符上尉很滿意地走向剛佔領的禿山。

敵人的砲轟完全停下來了。海岸的中型登陸艦陸續靠岸，戰車也陸續從海邊開過來。他們在海灘附近的防風林插上旅團本部的紅旗，旗子隨風飄揚。

13

「藍塔通知ALPHA。」

這是那霸管制塔的叫喚聲。第三〇二飛行隊的牧野二等空佐將F－4EJ改良鬼怪機身恢復水平飛行，二號機的齋藤一尉機以下的三架同志機則維持編隊隊形跟著。

「ALPHA。」

「在當地待命。中國空軍機的編隊正朝台灣出發，只要目標編隊不改變方向，就會朝向我們這裡飛來。保持距離，避免不必要的接觸，持續監視飛行。在目標攻擊之前，絕對避免我方主動攻擊。」

牧野二佐心想他當然了解這點，忍耐著大吼回去的衝動。

雷達映像機捕捉到的目標編隊，從大陸方面朝向尖閣群島飛來，擦過尖閣群島的領空，將方向轉爲西南的台灣方向飛去。

尖閣群島西北三十七海里（約五十公里）附近，有好像是在監視尖閣群島的中國航空母艦戰鬥群駐守。中國空軍機編隊似乎把航空母艦戰鬥群和尖閣群島當成海上目標，沿著空中回廊，開始侵略台灣北部。

『持續對中國空軍編隊發出警告電波。』

「收到。」

牧野二佐定好國際緊急通訊的周波數，壓下警告電波的按鈕，將錄音帶中警告領空侵犯機的話語，以英語和中國話播放。

『這裡是日本航空自衛隊，貴機侵犯我國領空，請立刻退到領空外。重複……』

對方一定聽得到，雖然聽到，但可能看穿航空自衛隊不會立刻發動攻擊。

佐伯三佐所率領的第二編隊等第三〇二飛行隊的F—4EJ改良編隊，在距離不到五海里的上空待命。

南方的先島群島上空，則有第二〇二飛行隊F—15J老鷹戰鬥機在上空待命。

琉球那霸基地和美軍嘉手納基地爲了防範來自本土的全面衝突，已經有第八航空團的第六飛行隊和第五航空團的第三〇一飛行隊的F—4EJ改良鬼怪戰鬥機隊，以及第七航空團第二〇四飛行隊的F—15J老鷹戰鬥機隊在那裡待命，隨時都可以出發。

雷達映像機映出尖閣群島東方三十海里（約五十五公里）附近，有美國海軍F—14雄貓編隊在待命，這是由第七艦隊第五航空母艦戰鬥群出發的要擊戰鬥機隊。他們在距離二百海里的琉球海域，監視中國航空母艦的動態。

他們與敵機編隊距離二十海里（約三十七公里），即使敵人改變戰略，這個距離也能充分應付。武器配備則接近中距離飛彈攻擊方式。

後面HUD的目標，象徵著敵機編隊已經用捕捉象徵夾住，只要進行雷達鎖定，隨時都可以攻擊。但是如果進行雷達鎖定，敵人就會察覺被攻擊，轉而反擊。

如此一來，中國空軍機的大編隊和航空自衛隊戰鬥機隊的大型空中戰，又要在琉球上空發生了。上次的戰鬥中，有兩架同志機被擊落，吉村一尉獲救，第二小隊的山田二尉則戰死了，一定要爲山田二尉報仇。

牧野二佐不斷思索著，同時看著中國空軍機編隊移動的狀況。

要讓他們通過嗎？中國空軍機大編隊恐怕是進攻台灣的部隊，他們使用空中回廊，穿過尖閣群島領空，如果把準備進攻的中國軍放走，不就等於幫助中國軍進攻台灣？

日本政府到底在想些什麼？爲什麼美軍也坐視不顧？

雷達映像機上的影像產生變化。美國海軍戰鬥機的編隊開始朝尖閣群島方向移動。牧野二佐緊張起來。美軍終於行動了嗎？

同時，AWACS操作員也傳來通報：

「通知全機！美國海軍開始飛彈攻擊，中國空軍編隊展開反擊態勢！」

「收到。」

牧野二佐對同志機做出手勢，命令中止迴旋。

突然之間，雷達波警戒裝置發出電子警戒聲。

「通知全機！中國軍機編隊開始與美國海軍機交戰，進入支援攻擊態勢！」

AWACS操作員通告。

「收到。ALPHA，準備空中戰！」

「2號！」「3號！」「4號！」「BRAVO1號！」「2號！」……

同志機陸續回答。

「距離二十六哩（約四十八公里），方位……，美國海軍機開始全機飛彈攻擊。」

接到AWACS的通報，牧野二佐按下無線麥克風的開關。

「ALPHA呼叫藍塔。」

『藍塔。』

「請允許攻擊。」

『不可以攻擊，除非美國海軍提出要求……』

「你說什麼？要是美軍遭受攻擊，我們不能主動反擊嗎？」

牧野二佐生氣地說道。管制官的聲音換成司令的聲音：

『等等！還不能攻擊！待在現在的地點不要動！重複，不可以下達攻擊命令，在敵人攻擊之前，不可以反擊！』

「收到！」

牧野二佐生氣地答道。

14

台灣高雄　台灣軍參謀部作戰司令部　8月2日　10時

在黃司令官的帶領之下，李登輝總統和朱孝武參謀總長、謝毅國防部長、劉仲明特別顧問等人，慌慌張張地走進作戰司令部。

「向總統敬禮！」

他下達號令道。作戰司令部的參謀幕僚以及工作人員全都站起來，向出現在出入口的李登輝總統一行人敬禮。

「不，你們繼續工作吧。」

李登輝總統露出柔和的笑容，向司令部人員點點頭。

作戰司令部有監視台灣全島和大陸一部分地方的狀況顯示板。和隔壁通信司令室直接相連的作戰司令部，有忙碌的通信員和聯絡官出出入入。

「請到這裡來。抱歉，您到這裡來，還沒讓您休息，不過狀況緊急。」

司令官黃中將恭謹地將李總統等人帶到狀況顯示板前。

「黃司令官，到底發生了什麼事？」

朱孝武參謀總長催促黃司令官說明情形。黃中將擦拭著額頭的汗水。

「袁元敏一派請求中共軍進行軍事支援。」

「什麼？」

李登輝總統也臉色大變。謝毅國防部長面露苦澀表情，劉仲明特別顧問和錢建華輔佐官則互相對看。

「真的這樣，看來時候已經到了。」

「政變爲什麼要找中共軍來？」

「狀況如何？」

朱孝武參謀總長問道。

黃司令官看著狀況顯示板，用棒子指著台灣本島北部地區。

「敵人傾注陸海空三軍總力，進攻台灣本島北部。敵軍接受袁元敏一派叛軍的支援，從觀音海岸到八里海岸海水浴場的海灘强襲登陸。」

狀況顯示板上，從新竹省轄市以北、新豐附近到龍潭、烏來溪谷，再到台北縣貢寮，都畫了粗的紅線。台北市以外的基隆、板橋、桃園、中壢、新店等重要都市和基地所在地，都爲叛軍所占領。

「敵人的登陸艦、登陸用舟艇、改造漁船等，數百艘船湧到海岸，海兵隊一個旅團、步兵一．五個師團陸續登陸。往北繞到東海的中國海軍大運輸船團，也陸續朝我國開來，可能會到基隆港。這是軍事偵察衛星拍到的運輸船團的樣子。金上校，由你來說明。」

黃司令官看著旁邊的參謀上校說道。金參謀上校把幾張衛星照片擺在李登輝總統面前。從圖片上可以看到，無數的船舶形成了船團。

「真是驚人，看來中國將所有可用的貨船、渡船全都收集起來。」

錢建華輔佐官感嘆道。劉仲明特別顧問點點頭。

「雖然知道他們在上海附近集結貨船、渡船，但是不知道是要用來登陸台灣。」

「船團現在位置爲何？」

謝毅國防部長向金上校問道。

「在基隆北方一三〇海里附近。運輸船團不只一個，躲在浙江省海岸地區港口的貨物船團，也朝基隆開來。」

參謀上校拿出另外一張衛星圖片，給劉仲明特別顧問等人看。劉仲明特別顧問問道：

「運輸船團載運的兵員人數估計有多少？」

「步兵師團二個到三個，其中還包括一個機甲師團。」

「二個到三個增援部隊嗎？」

這次是錢建華輔佐官發問。

「現在叛軍規模如何？」

「目前已知投靠叛軍的，有三個師團和一個機甲旅團，即第一機械化步兵師團、首都警備的第九師團、預備步兵師團的第三十一師團，還有第十一機甲旅團。」

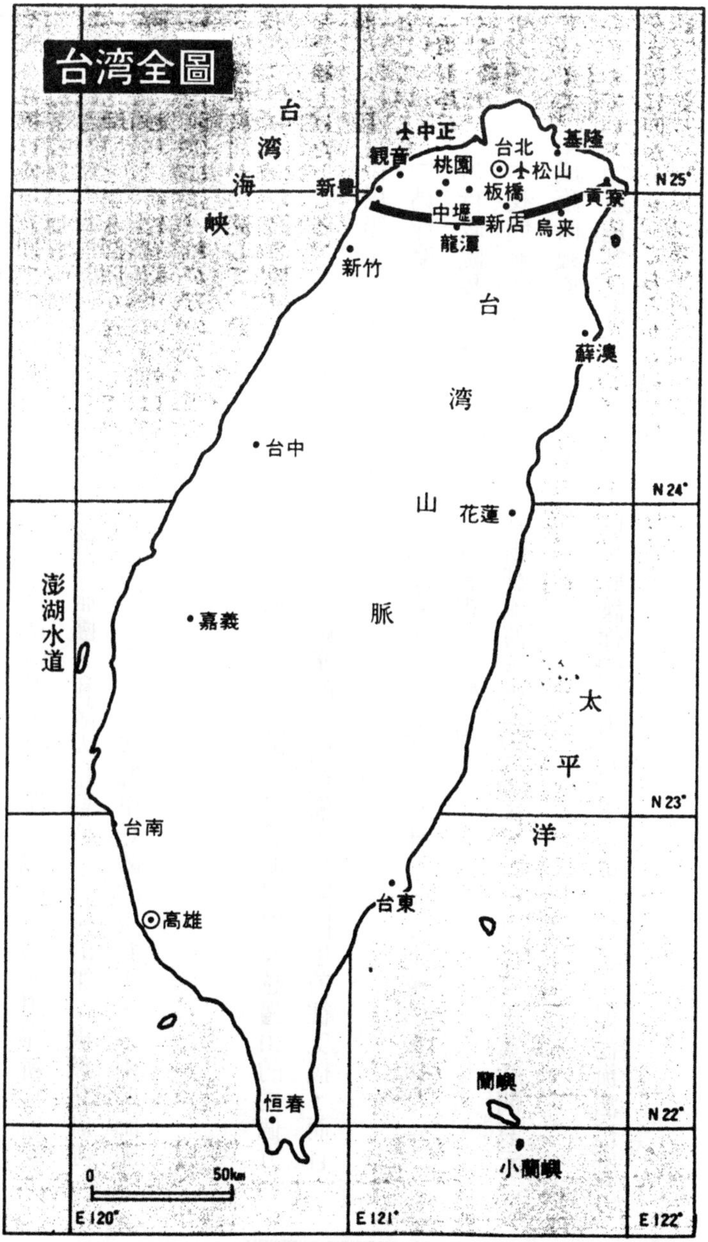
台湾全圖
台湾海峡
中正
觀音
台北
松山
基隆
桃園
新豐
板橋
中壢
新店
烏来
貢寮
龍潭
新竹
台湾山脈
蘇澳
台中
花蓮
澎湖水道
嘉義
太平洋
台南
高雄
台東
蘭嶼
恒春
小蘭嶼
N 25°
N 24°
N 23°
N 22°
0
50km
E 120°
E 121°
E 122°

金參謀上校用手指著狀況顯示板的附註，說道：

「機械化師團和第九師團沿著高速公路南下，逼近新竹省轄市郊。現在新竹前線有我方兩個預備輕步兵師團和兩個機甲旅團，和敵人相對峙。台中的第二機械化師團和兩個機甲旅團也開始北上。敵人大約得到了在觀音海岸登陸的中共軍，約兩個師團的支援。」

「東海岸的敵人呢？」

「敵人在基隆南線投入了機甲旅團和輕步兵師團，沿著海岸以及越過山的兩個方向逼近貢寮，我第七師團立即前去制止，蘇澳的一個預備步兵師團也前往支援，而且正安排用船將一個機甲旅團送到蘇澳。」

「為什麼反擊的行動這麼慢？在政變發生的同時，為什麼不立即擊潰叛軍？」呂行政院長焦躁地說道。黃司令官提出反駁道：

「我們無法採取行動，因為到處都流傳著李登輝總統已死的事，國民黨顧問袁元敏組成臨時政府，軍隊不知道要相信誰。」

「這是無可奈何之事，如果能早點讓你們知道我平安無事就好了，但沒辦法這麼做。」

李登輝總統點點頭。

傳令快步從通信指令室跑了過來，將便條紙交給參謀中校。中校看著便條紙，對金參謀上校耳語。金上校點點頭，說道：

「根據偵察員的情報，中正機場和台北郊外的高爾夫球場有敵人的空挺部隊降落。」

「空挺部隊？」

劉仲明特別顧問感到很訝異。中國軍有三個空挺部隊，其中一個在汕頭被廣東軍擊滅，只剩兩個師團而已。

「看是中共軍的緊急展開部隊。」

「規模呢？」

「師團規模。」

參謀中校代替金上校回答。劉仲明特別顧問和錢建華輔佐官對看了一眼，點了點頭。

「敵人數目還不多，趁現在就將其擊潰。還有三個師團加上兩個登陸部隊，以及一或二個空艇部隊。」

朱孝武參謀總長問道：

「投靠敵人的只有陸軍的三個師團和一個機甲旅團嗎？」

「是的，真遺憾。」

「哦，那麼空軍和海軍呢？」

「海軍方面除了基隆的幾艘舊式驅逐艦之外，全都依附我方。空軍方面，自政變發生後，空軍司令部已經命令松山基地和桃園基地大部分的戰鬥機、攻擊機移到南方基地。遺憾的是，逃離較遲的四十架戰鬥機和二十架運輸機都被敵人控制。」

「是不是最新型的經國戰鬥機和F—16？」

「所幸是舊式的F—104G和F—5E。」

金參謀上校答道。

「這真是不幸中的大幸，如果最新銳的戰鬥機被奪走，要反擊就很困難了。」

劉仲明特別顧問對李登輝總統說道。黃司令官開口說：

「不過糟糕的是，北部重要的奈基、老鷹、天弓二十座，以及一套愛國者飛彈都被奪走了，所以北部防空網開了大洞。敵機可能會使用桃園基地、松山基地以及中正機場等處，對今後有重大影響。」

「雷達網也開了大洞嗎？」

「是的，因此敵人從北側接近本島，我們幾乎無法迎擊。」

金參謀上校附帶說明。

「留在前線後方的偵察員報告，中共軍的空軍運輸機利用這個大洞大舉飛來，要讓兵員、戰車、裝甲車等，在中正機場、松山機場登陸。」

「規模呢？」

「目前已知大約一個師團。」

錢建華輔佐官心下計算，抬起頭來想著。

「用運輸機運送的兵員已經有一個師團了嗎？」

「總計大約八到九個師團。」

劉仲明特別顧問問道：

「我方戰力如何？」

「步兵師團四個，機械化一個，機甲旅團可以投入五個。此外，如果緊急召集後備軍人，大約可以增加七個預備師團。」

「如果將金門三個師團中的二個師團調回本島，步兵師團就有六個，在敵人的運輸船團到達之前，我方稍佔優勢。」

「問題是，該如何堵住敵人的進攻管道，加以反擊。」

朱參謀總長向金參謀上校問道：

「那麼你們採取什麼樣的反擊作戰方式？」

「將四個步兵師團、一個機械化、以及五個機甲旅團全部投入前線，鎮壓敵人。

所幸空中毫髮無傷，因此可以從空中擊潰敵人，將海軍全部戰力投入海峽，切斷敵人的補給路線……」傳令又慌慌張張地跑入房間，將便條紙直接交給金參謀上校。金上校看著便條紙，喜形於色，對李登輝總統說道：

「總統，終於來了。美國海軍戰鬥機從北邊進入台北，進行遮斷空路的攻擊！」

「是嗎？美軍開始介入了嗎？」

李登輝總統不禁用力點了點頭。

「那麼日本空軍也會和美軍步調一致，進入備戰狀態。」

工作人員在狀況顯示板上，畫上第七艦隊的戰鬥機隊和日本空軍戰鬥機隊，再畫上它們迎擊侵入台北北方敵機的箭頭。作戰司令部的人一齊拍手。

「美日介入，我國就有救了。」

李登輝總統鬆了一口氣。司令部歡聲雷動，劉仲明特別顧問制止大家拍手，說：

「總統，但是戰爭不可能因此而停止，今後戰況會更加吃緊。我們的自由必須由我們自己來保護才行，如果依賴美國和日本，只能逃離中國的影響力，但又會被收到美日的傘下。」

「劉仲明特別顧問說的對，不能因此而安心，戰爭才剛開始。」

錢建華輔佐官也以嚴肅的表情說道。（待續）

軍事力比較資料

自衛隊

◎以下爲中日戰爭時編成

◎航空自衛隊

航空總隊
總隊司令部飛行隊（入間）
電子戰支援隊（入間）YS—11E、EC—1
電子飛行測定隊 YS—11E
偵察飛行隊（百里）
第五〇一飛行隊 RF—4E、RF—4EJ
防空指揮隊（府中）
飛行教練隊（新田原） F—15J
警戒航空隊
第六〇一飛行隊（三澤） E—2C
第八〇一飛行隊（小松） E767AWACS
程式管理隊（入間）
教導高射隊（濱松）

★北部航空方面隊（三澤）
北部航空警戒管制團（三澤）
第二航空團（千歲）
第二〇一飛行隊 F—15J
第二〇三飛行隊 F—15J
第三航空團（三澤）
第三飛行隊 F—2（F—1退役）
第八飛行隊 F—4EJ改良型（F—1退役）
第三高射群（千歲）
第六高射群（三澤）
北部航空設施隊（三澤）
第一基地防空群（千歲）
★中部航空方面隊（入間）
中部航空警戒管制團（入間）
第六航空團（小松）
第三〇三飛行隊 F—15J

第三〇五飛行隊　F—4EJ改良型
第七航空團（百里）
第二〇四飛行隊　F—15J
第三〇五飛行隊　F—15J
第一高射群（入間）
第四高射群（岐阜）
中部航空設施隊（入間）
硫黃島基地隊
各基地防空隊
★西部航空方面隊（春日）
西部航空警戒管制團（春日）
第五航空團（新田原）
第二〇二飛行隊　F—15J
第三〇一飛行隊　F—4EJ改良型
第八航空團（築城）
第三〇四飛行隊　F—15J
第六飛行隊
F—4EJ改良型（F—1退役）
第二高射群（春日）
西部航空施設隊（蘆屋）
西部航空司令部支援飛行隊（春日）
★西南航空混成團（那霸）

西南航空警戒管制團（那霸）
第八三航空隊
第三〇二飛行隊　F—4EJ改良型
西南支援飛行班　T—33、B—65
第五高射群（那霸）
西南航空設施隊（那霸）
★航空教育團（濱松）
第一航空團（濱松）
第三一教育飛行隊
第三二教育飛行隊
第四航空團
第二一教育飛行隊
第二二教育飛行隊
第一一飛行教育團（靜濱）
第一二飛行教育團（防府）
第一三飛行教育團（蘆屋）
航空教育隊（防府南、熊谷）
幹部候補生學校（奈良）其他
★航空支援集團（府中）
航空救難團（入間）千歲、那霸等各地救難隊
其他隊

第一運輸航空隊（小松）
第四〇一飛行隊　C130H
第二運輸航空隊（入間）
第四〇二飛行隊　C−1、YS−11
第三運輸航空隊（美保）
第四〇三飛行隊　C−1、YS−11
第四一教育飛行隊　T−400
航空保安管制群（入間）
航空氣象群（府中）
飛行檢查隊（入間）
特別運輸航空隊（千歲）
第七〇一飛行隊　B747
★航空開發實驗集團（入間）
航空醫學實驗隊（立川）
電子開發實驗群（入間）
飛行開發實驗團（岐阜）

◎海上自衛隊（編成假設）

自衛艦隊（橫須賀）
護衛隊群（橫須賀）
★第一護衛隊群（橫須賀）
宙斯盾艦DD173「金剛」
第四六護衛隊（橫須賀）
DD153「夕霧」
DD154「雨霧」
第四八護衛隊（橫須賀）
DDG101「村雨」
DD155「濱霧」
DD157「騷霧」
第六一護衛隊（橫須賀）
DDH144「藏間」
DDG171「旗風」
★第二護衛隊群（佐世保）
宙斯盾艦DD174「霧島」
第四四護衛隊（吳）

ＤＤ１２９「山雪」
ＤＤ１３０「松雪」

第四七護衛隊（佐世保）
ＤＤＧ１０２「春雨」
ＤＤ１５６「瀨户霧」
ＤＤ１５８「海霧」

第六二護衛隊（佐世保）
ＤＤＨ１４３「白根」
ＤＤＧ１７２「島風」

★第三護衛隊群（舞鶴）
宙斯盾ＤＤ１７５「妙工」

第四二護衛隊（舞鶴）
ＤＤ１２８「春雪」
ＤＤ１３１「瀨户雪」

第四五護衛隊（佐世保）
ＤＤＧ１６８「立風」
ＤＤ１５１「朝霧」
ＤＤ１５２「山霧」

第六三護衛隊（舞鶴）
ＤＤＨ１４１「春菜」
ＤＤＧ１６９「朝風」

★第四護衛隊群（吳）
宙斯盾ＤＤ１７６「潮解」

第四一護衛隊（大湊）
ＤＤ１２５「騷雪」
ＤＤ１２６「濱雪」
ＤＤ１２７「磯雪」

第四三護衛隊（橫須賀）
ＤＤ１３２「朝雪」
ＤＤ１３３「島雪」

第六四護衛隊（吳）
ＤＤＨ１４２「緋衣」
ＤＤＧ１７０「騷風」

潛水艦隊（橫須賀）

☆第一潛水隊群（吳）
ＡＳＲ４０２「節身」　潛水艦救難艦
ＡＳＵ７０１８「朝雲」　特務艦（護衛艦
ＤＤ山雲型３號艦，爲ＦＡＲＭ）
ＡＴＳＳ８００６「夕潮」　練習潛水艦

★第一潛水隊
SS575「瀨戶潮」
SS576「沖潮」
SS579「秋潮」

★第五潛水隊
SS583「春潮」
SS584「夏潮」
SS587「若潮」

★第六潛水隊
SS585「早潮」
SS586「荒潮」
SS588「冬潮」

☆第二潛水隊群（橫須賀）
AS405「千代」　潛水艦救難母艦
ASU7019「望月」　特務艦（事實上是護衛艦DD高月型2號艦「菊月」進行現代化改良，爲FARM艦）

★第二潛水隊
SS577「灘潮」
SS578「濱潮」

★第三潛水隊
SS589「朝潮」
SS590「親潮」

★第四潛水隊
SS580「竹潮」
SS581「雪潮」
SS582「幸潮」

掃海隊

★第一掃海隊群（吳）
MST462「早瀨」

第一四掃海隊（佐世保）
MSC656「藥島」
MSC657「鳴島」
MSC669「曾孫島」

第一六掃海隊（吳）
MSC662「縫輪島」
MSC663「枝島」

第一九掃海隊（吳）
MSC665「姬島」
MSC666「荻島」

MSC667「兩島」
第二三掃海隊（吳）
MSC676「工目島」
MSC677「卷島」
MSC678「跳島」
★第二掃海隊群（橫須賀）
MST463「裡賀」（橫須賀）
MMC951「草屋」（橫須賀）
第二〇掃海隊（大湊）
MSC670「泡島」
MSC671「朔島」
第二一掃海隊（橫須賀）
MSC674「月島」
MSC675「前島」
第二二掃海隊（橫須賀）
MSO301「八重山」
MSO302「盡島」
MSO303「八乘」
第五一掃海隊（橫須賀）
☆開發指導隊群（橫須賀）

試驗艦ASE6101「栗濱」
試驗艦ASE6102「明日花」
☆第一運輸隊（橫須賀）
LST4151「身裡」
LST4152「牡鹿」
LST4153「薩摩」
LST4001「大隅」

地方隊

☆橫須賀地方隊（從岩手到三重）
第三三護衛隊
DE223「吉野」
DE224「熊野」
DE225「野代」
第三七護衛隊
DD122「初雪」
DE220「千歲」
DE221「二淀」
第十掃海隊
MSC653「浮島」

MSC668「百合島」
小笠原分遣隊（父島） 特務艇85號ASU85
直轄艦
碎冰艦AGB5002「白瀨」
運輸艦LST4101「集見」
LCU2002「運輸艇2號」
☆佐世保地方隊（從山口經過對馬海峽，從東海到台灣海峽附近）
DDA164「高月」
第三九護衛隊
DE231「大淀」
DE232「先代」
DE234「户根」
伴隨海上保安部巡視船「幻怪」
第三四護衛隊
DE229「虻熊」
DE230「陣痛」
DE233「千熊」
第十一掃海隊（下關基地隊）
MSC650「二之島」

MSC651「宮島」
第十三掃海隊（琉球基地隊）
MSC654「大島」
MSC655「兄島」
直轄艦
LST4102「元部」
LCU2001「運輸艇1號」
佐世保地方隊大村飛行隊所屬對馬防備隊
西克爾斯基HSS—2B千島四架
☆舞鶴地方隊（負責連結秋田與島根的日本海地區）
第二護衛隊
DD119「青雲」
DD120「秋雲」
DD121「夕雲」
第三一護衛隊
DE217「御熊」
DE219「岩瀨」
第一二掃海隊
MSC652「繪島」
MSC661「高島」

直轄艦
LSU4172「野都」

☆大湊地方隊（負責與俄羅斯相鄰的北方海峽一帶，監視宗谷海、津輕海峽的海上情況）

第二三護衛隊
DD123「白雪」
DD124「峰雪」

第三五護衛隊
DE226「石雁」
DE227「夕張」
DE228「夕別」

第一七掃海隊（函館基地隊）
MSC660「母島」
MSC664「神島」

大湊航空隊直升機

第一飛彈艇隊（餘市防備隊）

稚内基地分遣隊

直轄艦
LST4103「眠爐」

☆吳地方隊（從瀨户内海、和歌山到宮崎）

第二二護衛隊
DD118「村雲」
DD165「菊次」

第三八護衛隊
DE218「都勝」
DE222「手潮」

第一〇一掃海隊　負責内海淺海面的掃海工作

第一五掃海隊（阪神基地隊　小型總監部部隊）
MSC658「父島」
MSC659「鳥島」

第一港灣巡邏隊
巡邏艇25號PB925
26號PB926
27號PB927

吳警備隊　佐伯基地分遣隊：特務艇84號ASU84

直轄隊
LSU4171「湯羅」

小松航空隊　相當於内海東方入口紀伊水道地區的港灣防備、對潛直升機部隊

◎陸上自衛隊

北部方面隊

第二師團(基幹爲普通科連隊三個、戰車連隊一個、特科連隊一個、後方支援連隊一個)

第七師團　機甲師團　負責整個北海道的機動打擊任務　由普通科連隊一個、戰車連隊三個、特科連隊、高射特科連隊、偵察隊、設施大隊、通信大隊、飛行隊、後方支援連隊所構成

第五旅團(帶廣)　負責召集增强預備役、編成爲第五師團

第四連隊戰鬥團、第六連隊戰鬥團、第二七連隊戰鬥團

第十一旅團(真駒內)

東北方面隊

第六師團　支援青函區的第九師團、京濱地區的第一師團，全國機動支援

第九師團

東部方面隊

第一師團

第十二旅團(相馬原)　機動支援全國各地空中機動旅團

第一空挺團(船橋)　普通科群(普通科中隊四個、重迫中隊)、對戰車隊一個、設施隊一個及其他

中部方面隊

第三師團

第十師團　支援京濱地區的第一師團、阪神地區的第三師團。支援全國機動

第十三旅團(海田市)　支援全國機動　海上機動旅團

第二旅團(舊第二混成團・善通寺)支援全國機動。海上機動旅團(以普通科連隊一個爲基幹，特科大隊)

西部方面隊

第四師團　第四〇普通科連隊、第四一普通科連隊、第一六普通科連隊、一九普通科連隊

第八師團(北熊本)　機動支援關門、對馬海峽部、琉球、全國

第一旅團(舊第一混成團)　負責盯梢工作

※備註　普通科連隊由本部管理中隊、四個普通科中隊（普通）、重迫擊砲中隊、對戰車中隊編成。

第二旅團則有對戰車中隊，附屬於普通科連隊之下。
特科大隊由本部管理中隊、三個射擊中隊、高射中隊所編成。

中國軍

◎以下是中國內戰爆發時的戰力推測

總兵力　正規軍約三二〇萬人（其中包括徵兵一七五萬人、預備役召集兵八十萬人）
公安、武裝警察部隊約一百萬人
民兵部隊（非正規軍）約四百萬人
※地方上未經組織的武裝勞動士兵、武裝農民約一億人以上

←戰略飛彈戰力

司令部・北京（黨中央軍事委員會直轄）
戰略火箭部隊（第二砲兵部隊）　七萬人
飛彈基地：六
大陸間彈道飛彈（ＩＣＢＭ）　一七座（推測）

CSS—4（DF—5） 四座
MIRV（多目標彈頭）搭載飛彈 一二座
中距離彈道飛彈（IRBM） 五〇座

←陸軍

現役二八〇萬人（包括戰略火箭部隊徵收兵一五〇人萬人在內）
五大軍區二十省軍區三警備區（減少二大軍區八省）
統合集團軍一七個（通常各軍由步兵師團三個、戰車旅團或戰車師團一個、砲兵旅團一個、高射砲旅團一個編成）

【戰鬥部隊】

步兵師團五三個（包括諸兵科聯合・機械化步兵師團二個）
預備步兵師團約三十個
新編成步兵師團約四十個
機甲師團七個
野戰砲兵師團五個
獨立機甲旅團一個
獨立野戰砲兵旅團四個
獨立高射砲旅團三個
獨立工兵連隊十個
緊急展開部隊大隊六個
航空隊直升機大隊群四個
空挺部隊（人員屬於空軍）軍團一個：空挺師團三個

〔主要裝備〕

〈主力戰車〉 約六〇〇〇輛
T—34／85型戰車 二五〇〇輛
T—59型戰車 四四〇〇輛
T—69型戰車（T—59改良型） 一五〇輛
T—79型、T—80型、T—85型ⅡM 八〇〇輛以上

〈輕戰車〉 約一四〇〇輛
63型水陸兩用輕戰車 八〇〇輛
62型輕戰車 六〇〇輛
步兵戰鬥車 六〇〇輛
裝甲兵員運輸車 一八〇〇輛
牽引砲 九五〇〇門

自動砲	一三〇〇挺
多聯裝火箭發射機	三一〇〇座（包括牽引式、自動式在內）
迫擊砲	四萬門（包括牽引式、自動式在內）
高射砲	一萬門
地對空飛彈	七〇〇枚（包括自動式在內）
直升機	五〇架

※其他有地對地飛彈M—9（CSS—6/DF—11，射程五〇〇公里）、M—11（CSS—7/DF，射程一二〇～一五〇公里）、對戰車誘導武器HJ—8（TOW米蘭型）、HJ—73（耐火箱型）、無反動砲、對戰車砲、火箭發射器等。

←海軍

現役二十六萬人（包括海兵隊二萬五千人、海軍航空隊二萬五千人、沿岸地區防衛隊二萬五千人）

〔編成三艦隊〕

航空母艦二艘（推測）、水上戰鬥艦艇四五七艘、潛水艦一百艘、機雷戰艦艇一五〇艘、兩用戰艦艇四二五艘、支援艦艇及其他一八〇艘、作戰航空機

〔北海艦隊〕

負責瀋陽、北京、濟南軍區，進行從韓國國境到連雲港的沿岸防衛，以及渤海與東海的海上防衛監視。

基地：青島（司令部）、大連、葫蘆島、威海、長山。

部隊：潛水艦戰隊二個、航空母艦戰鬥群一個、護衛艦戰隊三個、機雷戰戰隊一個、兩用戰戰隊一個

其他有渤海灣練習小艦隊、巡邏艦艇、沿岸戰鬥艦艇三百艘。

航空部隊/轟炸、戰鬥、攻擊各一個，合計三個師團，組成航空母艦團，新設配備二個航空連隊。

第一航空母艦戰鬥群

由航空母艦「大連」和護衛艦戰隊合作

第二航空母艦戰鬥群
　由輕航空母艦「旅順」和護衛艦戰隊合作
第一護衛艦戰隊　旗艦「延安」
　第一一護衛隊
　第三一護衛隊
第二護衛艦戰隊　旗艦「青島」
　第一二護衛隊
　第三二護衛隊
第三護衛艦戰隊　旗艦「成都」
　第一三護衛隊
　第四三護衛隊

〔東海艦隊〕

負責南京軍區，進行連雲港到東山沿岸的防衛，以及台灣海峽到東海的防衛監視。

基地：上海（司令部）、吳淞、定海、杭州。

部隊：潛水艦戰隊二個、護衛艦戰隊二個、機雷戰隊一個、兩用戰戰隊一個、巡邏艦艇、沿岸戰鬥艦艇二五〇艘。
　海兵隊師團一個，沿岸地區防衛隊部隊。
　航空部隊：轟炸、戰鬥、攻擊各一個，合計三個師團
第四護衛艦戰隊　旗艦「西安」
　第二一護衛隊
　第四二護衛隊
第五護衛艦戰隊　旗艦「瀋陽」
　第二二護衛隊
　第三三護衛隊

〔南海艦隊〕

負責廣州軍區，進行從東山到越南國境的沿岸防衛工作，以及南海海上的防衛監視。南北戰爭爆發時，一部分艦艇投靠華南共和國海軍，因此立刻改組為南海艦隊。

新基地：上海（臨時司令部）、杭州（臨時）、福州。

新部隊：潛水艦戰隊二個、護衛艦戰隊一個、巡邏艦艇及沿岸戰鬥艦艇一百艘。
　航空部隊：轟炸、戰鬥、攻擊各一個，合計三個師團
新第六護衛艦戰隊　新旗艦「南京」
　第二三護衛隊
　第四一護衛隊

〔艦艇、裝備〕

〈潛水艦〉	一〇〇艘
戰略核子潛水艦（漢級）	一艘
戰術潛水艦 攻擊型核子潛艇	五艘
非彈道飛彈普通型	二艘
攻擊型普通	九二艘

※不過，現有的一百艘中有五十艘過度老舊，無法使用，中國又從俄羅斯購買了新的柴油推進潛水艦SSK，預計購入二二艘，據聞已進口十艘。

〈主要水上戰鬥艦〉	七〇艘
攻擊型航空母艦（輕航空母艦）	二艘
飛彈驅逐艦	二二艘
飛彈護衛艦	四四艘
護衛艦	二艘
〈巡邏艦艇、沿岸戰鬥艦艇〉	三八七艘
飛彈艇	二一七艘
魚雷艇	一六〇艘
〈機雷戰艦艇〉	一二〇艘
〈兩用戰艦艇〉	四二五艘
戰車登陸艦	二〇艘
中型登陸艦	三五艘
多用途登陸艇（舟艇）	三二〇艘
戰車登陸艇	一〇艘
兵員登陸艇	四〇艘
〈支援艦艇、其他〉	一七〇艘
運輸艦	四〇艘
海上給油艦	三五艘
潛水艦支援艦	一〇艘
其他	九五艘

◎沿岸地區防衛隊

獨立砲兵連隊及地對艦飛彈連隊　三五個

◎海兵隊（海軍步兵）　師團一個

預備役：動員時包括八個師團（步兵連隊二四個、戰車連隊八個、砲兵連隊八個）、獨立戰車連隊二個。

裝備：主力戰車T—59型戰車、輕戰車、裝甲兵員運輸車、多聯裝火箭發射器及其他。

〔航空兵部〕　約六六〇架
殲擊5（J—5）　約五〇架
殲擊6（J—6）　約二二〇架
殲擊7（J—7）　約八〇架
J—8Ⅱ（防空專用，空軍防空指揮所的指令）　約六〇架
強擊5Q—5　約四〇架
輕爆H—5　約八〇架
中爆H—6（核武器搬運用）　約七〇架
※改造爲C—601/801空對艦飛彈的
　對艦攻擊機
國產飛行艇哈爾濱水轟5型（SH—5）七架
貝里赫夫B—e6郵件對潛飛行艦　一〇架
垂直離陸戰鬥機Yak—38　約五〇架

←空軍

現役　三三萬人（包括戰略部隊、防空人員徵收兵）
作戰機約四八〇〇架
五空軍區（相當於陸軍的大軍區）
總司令部：北京
航空師團爲五軍區（北京、濟南、蘭州、南京、成都，二軍區分離獨立），合計三六個轟炸機師團爲七〇架到九〇架，戰鬥機師團爲七〇架到一二四架。
戰鬥部隊：航空師團　二一個
一個航空師團由三個航空連隊所構成，三個連隊中通常一個爲攻擊機連隊。一個連有三～四個飛行隊（中隊）所構成，一個飛行隊爲三個飛行小隊所構成，一個飛行小隊由四架飛機構成戰鬥機部隊。如果是運輸機或轟炸機，則由三架編成。各航空師團配備一個整備部隊、運輸機、練習機。
海軍的每個艦隊都有航空兵部，有轟炸戰鬥、攻擊各航空師團一個。（3艦隊×3航空師團＝9個）

〔轟炸機師團〕

〈轟炸機〉　約四〇〇架

中爆・轟炸6、轟炸6改良型（H—6茲波雷夫Tu—16的複製品）　約六〇架

輕爆・轟炸5（H—5伊留申I 1—28獵兔犬）。　約三〇〇架

Tu—4公牛（波音B—29的複製品）　約四〇架

〈對地攻擊戰鬥機〉　約三四〇架

强擊5（Q—5/J—6改良型）　約七〇架

强擊5改良型（Q—5Ⅲ）　約二七〇架

〈Q—5改良型的內容〉

Q—5的衍生型・輸出型A—5（以米格19爲基礎，獨自開發出來的）

Q—5　搭載核武型

Q—5Ⅰ　增加武器搭載量，擴大及增設燃料搭載空間，提升引擎的力量，進行更新座席射出的改良。

Q—5ⅠA　全方位警戒裝置的裝備，加壓給油系統的改良型。

Q—5Ⅲ　提升引擎力量，輸出型的A—5C爲此型

A—5M　和義大利的亞德利亞共同開發，更新電子機器，增加主翼下的重點。有的是機頭前端裝有黑色電波透過材質的雷達天線罩型。

〈戰鬥轟炸機〉

殲轟7（JH—7/H—7轟炸機的複雜型）　約六五架

〔戰鬥機師團〕

〈戰鬥機〉　約二八〇〇架

殲擊5（J—5/米格17、多爲偵察用）　約二〇〇架

殲擊6（J—6/殲擊6改良型、米格19）　約二三四〇架

殲擊7（J—7Ⅱ、Ⅲ/Ⅲ相當於米格21MF）　約二八〇架

殲擊8J—8/將國產J—7大型雙發化的機型　約六〇架

殲擊8Ⅱ（J—8Ⅱ/加以改良型）　約四〇架

殲擊9J—9/以IAI拉比爲基礎開發試作	約一二架
殲擊10(J—10/J—9的增產型)	三〇架
Su—27P直率(J—11)	四六架
Su—27SK(J—11Ⅱ)	六二架
米格31狐蝠	二四架
FC—1(計畫名)	數架
〈偵察機〉	二六六架
偵察型轟偵5型(HZ—5/H—五的衍生型)	約三〇架
偵察型殲偵6型(JZ—6/J—六的衍生型)	約七〇架
偵察型JZ—7	九架
運輸機	五〇〇架
直升機	三三〇架
〈練習機及其他〉	約一〇〇〇架
殲教二型JJ—2/米格—15UTI練習機	約二〇〇架
其他	約八〇〇架
◎防空師團	九個
◎高射砲	九〇〇〇門
◎獨立防空連隊	一六個
◎地對空飛彈部隊	六〇個
◎準軍隊　人民武裝警察(國防部)	一二〇萬人

台灣南北軍戰力比較

◎以下是台灣內戰爆發時的戰力推測

【台灣北軍（國共合作派革命政府軍）】

總兵力：現役五萬人　預備役五萬人

←陸軍

首都警備師團司令部
台北軍管區司令部
戰鬥部隊
　機械化步兵師團　一個
步兵師團（首都警備師團）　一個
步兵師團　一個
獨立機甲旅團　一個
地對空群　一個
地對空飛彈大隊　二個

〔主要裝備〕
〈主力戰車〉　一二〇輛
　M－48A5　四〇輛
　M－48H　八〇輛
〈輕戰車〉　二〇〇輛
　M－24　四〇輛
　M41／64型　一六〇輛
裝甲步兵戰鬥車M－113　三五輛
〈裝甲兵員運輸車〉　一二〇輛
　M113　一〇〇輛
　V－150突擊兵　二〇輛

牽引砲	六〇門
自動砲	一二門
對戰車誘導武器TOW	二〇〇座
無反動砲	二〇門
高射砲	五〇門
〈地對空飛彈〉	
奈基Ⅱ型	二四枚
霍克	三〇枚
天弓Ⅰ、Ⅱ	二〇枚
愛國者中隊一個	一組
〈直升機〉	二三架
UH—1H	二〇架
CH—47	三架

海軍

基隆司令部

水上戰鬥艦艇	
驅逐艦	四艘
護衛艦	二艘
巡邏艦艇	
飛彈艇	一二艘
沿岸警備艇等	數十艘

空軍

台北松山基地空軍司令部

戰鬥機F—104G	二八架
戰鬥機F—5EⅡ老虎	一二架
運輸機	二〇架

※不過大半的飛行員都拒絕搭乘

【台灣（中華民國）政府軍（南軍）】

總兵力：現役三七萬五千人

役備役：陸軍一五〇萬人、海軍三萬二千五百人、空軍九萬人、海兵隊三萬五千人

◀陸軍

二八萬九千人（包括軍事警察）

三軍區司令部　一空挺特殊司令部

戰鬥部隊

步兵師團	八個
機械化步兵師團	一個
空挺旅團	二個
獨立機甲旅團	五個
戰車群	一個
地對空飛彈群	二個
地對空飛彈	五個
飛行群	二個
飛行隊	六個
預備輕步兵師團	七個

〔配備狀況〕

金門島	步兵師團三個、戰車群一個
馬祖島	步兵師團一個
台灣中南部防衛	機械化師團一個、步兵師團四個、獨立機甲旅團五個、空挺旅團二個、預備輕步兵師團七個、航空大隊二個、海兵師團二個。

〔主要裝備〕

〈主力戰車〉　四五〇輛

M—48A5	三〇〇輛
M—48H	四〇〇輛
M—60A	二〇〇輛
〈輕戰車〉	七〇五輛
M—24	一九〇輛
M—41/64型	五一五輛
裝甲步兵戰鬥車M113	一九〇輛
〈裝甲兵員運輸車〉	八三〇輛
M113	五五〇輛
V—150突擊兵	二八〇輛
牽引砲	一〇〇〇門
自動砲	三〇三門
對戰車誘導武器TOW	八〇〇座
無反動砲	四八〇門
高射砲（包括自動式）	三五〇門
〈地對空飛彈〉	
奈基Ⅱ型	三六枚
霍克	七〇枚
天弓Ⅰ、Ⅱ	三四枚
愛國者中隊二個	二組

※其他以多聯裝火箭發射器、迫擊砲等為多數

〔航空〕	
固定翼機O—1	一〇架
〈直升機〉	一七七架
貝爾AH—1W眼鏡蛇	四二架
觀測直升機OH—58D基俄瓦	二六架
UH—1H	九二架
CH—47	五架
KH—4	一二架

海軍

現役六萬八千人（包括海兵隊三萬人）

3海軍區

基地：左營（司令部）、馬公、基隆（落入北軍之手）

主要軍港　台中、馬公、金門、馬祖、左營、花蓮

主力艦隊

〔驅逐艦隊〕

〈第一二四艦隊（左營）〉

第一護衛戰隊

第二護衛戰隊
成功級（改良艦）
護衛艦
「成功」、「鄭和」、「繼光」、「岳飛」等七艘

〈第一四六艦隊（馬公）〉
第三護衛戰隊
第四護衛戰隊
武進三號改造艦朝陽級九艘「建陽」、「安陽」、「昆陽」、「遼陽」、「德、「綏陽」、「雲陽」、「正陽」、「邵陽」

〈護衛艦（巡防）艦隊〉
舊第一三一艦隊（基隆）
第五護衛戰隊 「富陽」等老舊驅逐艦
第六護衛戰隊 「萊陽」等驅逐艦被北軍接收

〈新第一三一艦隊（因北軍占領基隆，司令部移到左營）〉
新第五護衛戰隊
新第六護衛戰隊
為康定級最新驅逐艦 由「康定」、「西寧」、「昆明」、「迪化」、「武昌」、「成都」六艘編成

〈第一六八艦隊（蘇澳）〉
第七護衛戰隊 另名「第七艦隊」
第八護衛戰隊
由濟陽級護衛艦六艘編成，有「濟陽」、「鳳陽」、「汾陽」、「蘭陽」、「海陽」、「淮陽」

〔艦艇、裝備〕

潛水艦（普通型）	四艘
《水上戰鬥艦艇》	四五艘
飛彈驅逐艦	七艘
驅逐艦	一五艘
飛彈護衛艦	六艘
護衛艦	一七艘
〈巡邏艦艇、沿岸戰鬥艦艇〉	一〇一艘
飛彈艇	五二艘
掃海艇	四艘
內海巡邏艇	四五艘
機雷戰艦艇	一三艘
兩用戰艦艇	二一艘

〈兩用戰指揮艦〉　一艘
戰車登陸艦　一四艘
登陸艦　六艘
舟艇（多用途登陸艇）　四〇〇艘
〈支援艦、其他船艦〉　一九艘
戰鬥支援艦　一艘
運輸艦　六艘
支援給油艦　三艘
其他　九艘

◎沿岸防衛
地對艦沿岸防衛飛彈大隊一個

◎海軍航空隊
海上巡邏飛行隊　一個
直升機飛行隊　一個
作戰機　三二架
武裝直升機　二二架

◎海兵隊　三萬人
海兵師團二個及支援部隊

➡空軍

七萬二千人
作戰機　七三八架
戰鬥部隊：戰鬥航空團五個飛行隊（中隊）二〇個
航空連隊／大隊（航空團）之下有三～四個中隊（飛行隊）
對地攻擊戰鬥：戰鬥飛行隊一四個
〈戰鬥機〉　約六一〇架
諾斯洛普F－5F老虎Ⅱ戰鬥機　一七〇架
同F－5E複座戰鬥機　八〇架
F－104G戰鬥明星　一一二架
IDF經國（最後編成一三〇架）　七〇架
F－16A／B　二四架
幻象二〇〇〇－五　三〇架
AT－3輕攻擊機　約二〇架
T－38A練習機　約二〇架
T－34C基本練習機　約四〇架
AT－3A高等練習機　約四〇架

TF—104G練習機　四架
偵察：飛行隊一個　一〇架
RF—104G　六架
諾斯洛普格拉曼E—2T鷹眼　四架
搜索救難：飛行隊1個
S—70　一四架
運輸：飛行隊八個　六八架
固定翼機　四八架
直升機　二〇架
其他練習機　一二二架

〔配置狀況〕

新竹基地　F—104G戰鬥機三個中隊、經國戰鬥機一個中隊
清泉崗基地　F—5E戰鬥機三個中隊、F—104G戰鬥機三個中隊
嘉義基地　F—5E戰鬥機三個中隊、經國戰鬥機三個中隊
台南基地　F—5E戰鬥機三個中隊、F—104G戰鬥機三個中隊、運輸飛行隊二個
台東基地　F—16A/B戰鬥機三個中隊、F—5E戰鬥機三個中隊
屏東基地　F—104G戰鬥機三個中隊、運輸飛行隊四個
花蓮基地　幻象二〇〇〇—五型戰鬥機三個中隊、經國戰鬥機三個中隊
（註：台灣北部的松山基地與桃園基地落入北軍之手）

〔準軍隊〕

治安機關　二萬五〇〇〇人
海上警察　一〇〇〇人
海關　六五〇人

大展出版社有限公司 圖書目錄

地址：台北市北投區(石牌) 致遠一路二段12巷1號
電話：(02)28236031 28236033
郵撥：0166955～1
傳真：(02)28272069

・法律專欄連載・電腦編號 58

台大法學院 法律學系／策劃 法律服務社／編著

1. 別讓您的權利睡著了 1 200 元
2. 別讓您的權利睡著了 2 200 元

・秘傳占卜系列・電腦編號 14

1. 手相術	淺野八郎著	180 元
2. 人相術	淺野八郎著	180 元
3. 西洋占星術	淺野八郎著	180 元
4. 中國神奇占卜	淺野八郎著	150 元
5. 夢判斷	淺野八郎著	150 元
6. 前世、來世占卜	淺野八郎著	150 元
7. 法國式血型學	淺野八郎著	150 元
8. 靈感、符咒學	淺野八郎著	150 元
9. 紙牌占卜學	淺野八郎著	150 元
10. ESP 超能力占卜	淺野八郎著	150 元
11. 猶太數的秘術	淺野八郎著	150 元
12. 新心理測驗	淺野八郎著	160 元
13. 塔羅牌預言秘法	淺野八郎著	200 元

・趣味心理講座・電腦編號 15

1. 性格測驗① 探索男與女	淺野八郎著	140 元
2. 性格測驗② 透視人心奧秘	淺野八郎著	140 元
3. 性格測驗③ 發現陌生的自己	淺野八郎著	140 元
4. 性格測驗④ 發現你的真面目	淺野八郎著	140 元
5. 性格測驗⑤ 讓你們吃驚	淺野八郎著	140 元
6. 性格測驗⑥ 洞穿心理盲點	淺野八郎著	140 元
7. 性格測驗⑦ 探索對方心理	淺野八郎著	140 元
8. 性格測驗⑧ 由吃認識自己	淺野八郎著	160 元
9. 性格測驗⑨ 戀愛知多少	淺野八郎著	160 元
10. 性格測驗⑩ 由裝扮瞭解人心	淺野八郎著	160 元

11. 性格測驗⑪ 敲開內心玄機	淺野八郎著	140 元
12. 性格測驗⑫ 透視你的未來	淺野八郎著	160 元
13. 血型與你的一生	淺野八郎著	160 元
14. 趣味推理遊戲	淺野八郎著	160 元
15. 行為語言解析	淺野八郎著	160 元

・婦 幼 天 地・電腦編號 16

1. 八萬人減肥成果	黃靜香譯	180 元
2. 三分鐘減肥體操	楊鴻儒譯	150 元
3. 窈窕淑女美髮秘訣	柯素娥譯	130 元
4. 使妳更迷人	成 玉譯	130 元
5. 女性的更年期	官舒妍編譯	160 元
6. 胎內育兒法	李玉瓊編譯	150 元
7. 早產兒袋鼠式護理	唐岱蘭譯	200 元
8. 初次懷孕與生產	婦幼天地編譯組	180 元
9. 初次育兒 12 個月	婦幼天地編譯組	180 元
10. 斷乳食與幼兒食	婦幼天地編譯組	180 元
11. 培養幼兒能力與性向	婦幼天地編譯組	180 元
12. 培養幼兒創造力的玩具與遊戲	婦幼天地編譯組	180 元
13. 幼兒的症狀與疾病	婦幼天地編譯組	180 元
14. 腿部苗條健美法	婦幼天地編譯組	180 元
15. 女性腰痛別忽視	婦幼天地編譯組	150 元
16. 舒展身心體操術	李玉瓊編譯	130 元
17. 三分鐘臉部體操	趙薇妮著	160 元
18. 生動的笑容表情術	趙薇妮著	160 元
19. 心曠神怡減肥法	川津祐介著	130 元
20. 內衣使妳更美麗	陳玄茹譯	130 元
21. 瑜伽美姿美容	黃靜香編著	180 元
22. 高雅女性裝扮學	陳珮玲譯	180 元
23. 蠶糞肌膚美顏法	坂梨秀子著	160 元
24. 認識妳的身體	李玉瓊譯	160 元
25. 產後恢復苗條體態	居理安・芙萊喬著	200 元
26. 正確護髮美容法	山崎伊久江著	180 元
27. 安琪拉美姿養生學	安琪拉蘭斯博瑞著	180 元
28. 女體性醫學剖析	增田豐著	220 元
29. 懷孕與生產剖析	岡部綾子著	180 元
30. 斷奶後的健康育兒	東城百合子著	220 元
31. 引出孩子幹勁的責罵藝術	多湖輝著	170 元
32. 培養孩子獨立的藝術	多湖輝著	170 元
33. 子宮肌瘤與卵巢囊腫	陳秀琳編著	180 元
34. 下半身減肥法	納他夏・史達賓著	180 元
35. 女性自然美容法	吳雅菁編著	180 元
36. 再也不發胖	池園悅太郎著	170 元

37. 生男生女控制術	中垣勝裕著	220元
38. 使妳的肌膚更亮麗	楊　皓編著	170元
39. 臉部輪廓變美	芝崎義夫著	180元
40. 斑點、皺紋自己治療	高須克彌著	180元
41. 面皰自己治療	伊藤雄康著	180元
42. 隨心所欲瘦身冥想法	原久子著	180元
43. 胎兒革命	鈴木丈織著	180元
44. NS磁氣平衡法塑造窈窕奇蹟	古屋和江著	180元
45. 享瘦從腳開始	山田陽子著	180元
46. 小改變瘦4公斤	宮本裕子著	180元
47. 軟管減肥瘦身	高橋輝男著	180元
48. 海藻精神秘美容法	劉名揚編著	180元
49. 肌膚保養與脫毛	鈴木真理著	180元
50. 10天減肥3公斤	彤雲編輯組	180元
51. 穿出自己的品味	西村玲子著	280元

・青春天地・電腦編號17

1. A血型與星座	柯素娥編譯	160元
2. B血型與星座	柯素娥編譯	160元
3. O血型與星座	柯素娥編譯	160元
4. AB血型與星座	柯素娥編譯	120元
5. 青春期性教室	呂貴嵐編譯	130元
6. 事半功倍讀書法	王毅希編譯	150元
7. 難解數學破題	宋釗宜編譯	130元
9. 小論文寫作秘訣	林顯茂編譯	120元
11. 中學生野外遊戲	熊谷康編著	120元
12. 恐怖極短篇	柯素娥編譯	130元
13. 恐怖夜話	小毛驢編譯	130元
14. 恐怖幽默短篇	小毛驢編譯	120元
15. 黑色幽默短篇	小毛驢編譯	120元
16. 靈異怪談	小毛驢編譯	130元
17. 錯覺遊戲	小毛驢編著	130元
18. 整人遊戲	小毛驢編著	150元
19. 有趣的超常識	柯素娥編譯	130元
20. 哦！原來如此	林慶旺編譯	130元
21. 趣味競賽100種	劉名揚編譯	120元
22. 數學謎題入門	宋釗宜編譯	150元
23. 數學謎題解析	宋釗宜編譯	150元
24. 透視男女心理	林慶旺編譯	120元
25. 少女情懷的自白	李桂蘭編譯	120元
26. 由兄弟姊妹看命運	李玉瓊編譯	130元
27. 趣味的科學魔術	林慶旺編譯	150元
28. 趣味的心理實驗室	李燕玲編譯	150元

29. 愛與性心理測驗　小毛驢編譯　130元
30. 刑案推理解謎　小毛驢編譯　180元
31. 偵探常識推理　小毛驢編譯　180元
32. 偵探常識解謎　小毛驢編譯　130元
33. 偵探推理遊戲　小毛驢編譯　130元
34. 趣味的超魔術　廖玉山編著　150元
35. 趣味的珍奇發明　柯素娥編著　150元
36. 登山用具與技巧　陳瑞菊編著　150元
37. 性的漫談　蘇燕謀編著　180元
38. 無的漫談　蘇燕謀編著　180元
39. 黑色漫談　蘇燕謀編著　180元
40. 白色漫談　蘇燕謀編著　180元

·健康天地·電腦編號 18

1. 壓力的預防與治療　柯素娥編譯　130元
2. 超科學氣的魔力　柯素娥編譯　130元
3. 尿療法治病的神奇　中尾良一著　130元
4. 鐵證如山的尿療法奇蹟　廖玉山譯　120元
5. 一日斷食健康法　葉慈容編譯　150元
6. 胃部強健法　陳炳崑譯　120元
7. 癌症早期檢查法　廖松濤譯　160元
8. 老人痴呆症防止法　柯素娥編譯　130元
9. 松葉汁健康飲料　陳麗芬編譯　130元
10. 揉肚臍健康法　永井秋夫著　150元
11. 過勞死、猝死的預防　卓秀貞編譯　130元
12. 高血壓治療與飲食　藤山順豐著　150元
13. 老人看護指南　柯素娥編譯　150元
14. 美容外科淺談　楊啟宏著　150元
15. 美容外科新境界　楊啟宏著　150元
16. 鹽是天然的醫生　西英司郎著　140元
17. 年輕十歲不是夢　梁瑞麟譯　200元
18. 茶料理治百病　桑野和民著　180元
19. 綠茶治病寶典　桑野和民著　150元
20. 杜仲茶養顏減肥法　西田博著　150元
21. 蜂膠驚人療效　瀨長良三郎著　180元
22. 蜂膠治百病　瀨長良三郎著　180元
23. 醫藥與生活(一)　鄭炳全著　180元
24. 鈣長生寶典　落合敏著　180元
25. 大蒜長生寶典　木下繁太郎著　160元
26. 居家自我健康檢查　石川恭三著　160元
27. 永恆的健康人生　李秀鈴譯　200元
28. 大豆卵磷脂長生寶典　劉雪卿譯　150元
29. 芳香療法　梁艾琳譯　160元

30. 醋長生寶典	柯素娥譯	180 元
31. 從星座透視健康	席拉・吉蒂斯著	180 元
32. 愉悅自在保健學	野本二士夫著	160 元
33. 裸睡健康法	丸山淳士等著	160 元
34. 糖尿病預防與治療	藤田順豐著	180 元
35. 維他命長生寶典	菅原明子著	180 元
36. 維他命 C 新效果	鐘文訓編	150 元
37. 手、腳病理按摩	堤芳朗著	160 元
38. AIDS 瞭解與預防	彼得塔歇爾著	180 元
39. 甲殼質殼聚糖健康法	沈永嘉譯	160 元
40. 神經痛預防與治療	木下真男著	160 元
41. 室內身體鍛鍊法	陳炳崑編著	160 元
42. 吃出健康藥膳	劉大器編著	180 元
43. 自我指壓術	蘇燕謀編著	160 元
44. 紅蘿蔔汁斷食療法	李玉瓊編著	150 元
45. 洗心術健康秘法	竺翠萍編譯	170 元
46. 枇杷葉健康療法	柯素娥編譯	180 元
47. 抗衰血癒	楊啟宏著	180 元
48. 與癌搏鬥記	逸見政孝著	180 元
49. 冬蟲夏草長生寶典	高橋義博著	170 元
50. 痔瘡・大腸疾病先端療法	宮島伸宜著	180 元
51. 膠布治癒頑固慢性病	加瀨建造著	180 元
52. 芝麻神奇健康法	小林貞作著	170 元
53. 香煙能防止癡呆？	高田明和著	180 元
54. 穀菜食治癌療法	佐藤成志著	180 元
55. 貼藥健康法	松原英多著	180 元
56. 克服癌症調和道呼吸法	帶津良一著	180 元
57. B 型肝炎預防與治療	野村喜重郎著	180 元
58. 青春永駐養生導引術	早島正雄著	180 元
59. 改變呼吸法創造健康	原久子著	180 元
60. 荷爾蒙平衡養生秘訣	出村博著	180 元
61. 水美肌健康法	井戶勝富著	170 元
62. 認識食物掌握健康	廖梅珠編著	170 元
63. 痛風劇痛消除法	鈴木吉彥著	180 元
64. 酸莖菌驚人療效	上田明彥著	180 元
65. 大豆卵磷脂治現代病	神津健一著	200 元
66. 時辰療法—危險時刻凌晨 4 時	呂建強等著	180 元
67. 自然治癒力提升法	帶津良一著	180 元
68. 巧妙的氣保健法	藤平墨子著	180 元
69. 治癒 C 型肝炎	熊田博光著	180 元
70. 肝臟病預防與治療	劉名揚編著	180 元
71. 腰痛平衡療法	荒井政信著	180 元
72. 根治多汗症、狐臭	稻葉益巳著	220 元
73. 40 歲以後的骨質疏鬆症	沈永嘉譯	180 元

74. 認識中藥　松下一成著　180 元
75. 認識氣的科學　佐佐木茂美著　180 元
76. 我戰勝了癌症　安田伸著　180 元
77. 斑點是身心的危險信號　中野進著　180 元
78. 艾波拉病毒大震撼　玉川重德著　180 元
79. 重新還我黑髮　桑名隆一郎著　180 元
80. 身體節律與健康　林博史著　180 元
81. 生薑治萬病　石原結實著　180 元
82. 靈芝治百病　陳瑞東著　180 元
83. 木炭驚人的威力　大槻彰著　200 元
84. 認識活性氧　井土貴司著　180 元
85. 深海鮫治百病　廖玉山編著　180 元
86. 神奇的蜂王乳　井上丹治著　180 元
87. 卡拉 OK 健腦法　東潔著　180 元
88. 卡拉 OK 健康法　福田伴男著　180 元
89. 醫藥與生活(二)　鄭炳全著　200 元
90. 洋蔥治百病　宮尾興平著　180 元
91. 年輕 10 歲快步健康法　石塚忠雄著　180 元
92. 石榴的驚人神效　岡本順子著　180 元
93. 飲料健康法　白鳥早奈英著　180 元
94. 健康棒體操　劉名揚編譯　180 元
95. 催眠健康法　蕭京凌編著　180 元
96. 鬱金（美王）治百病　水野修一著　180 元

・實用女性學講座・電腦編號 19

1. 解讀女性內心世界　島田一男著　150 元
2. 塑造成熟的女性　島田一男著　150 元
3. 女性整體裝扮學　黃靜香編著　180 元
4. 女性應對禮儀　黃靜香編著　180 元
5. 女性婚前必修　小野十傳著　200 元
6. 徹底瞭解女人　田口二州著　180 元
7. 拆穿女性謊言 88 招　島田一男著　200 元
8. 解讀女人心　島田一男著　200 元
9. 俘獲女性絕招　志賀貢著　200 元
10. 愛情的壓力解套　中村理英子著　200 元
11. 妳是人見人愛的女孩　廖松濤編著　200 元

・校園系列・電腦編號 20

1. 讀書集中術　多湖輝著　150 元
2. 應考的訣竅　多湖輝著　150 元
3. 輕鬆讀書贏得聯考　多湖輝著　150 元

4. 讀書記憶秘訣	多湖輝著	150元
5. 視力恢復！超速讀術	江錦雲譯	180元
6. 讀書36計	黃柏松編著	180元
7. 驚人的速讀術	鐘文訓編著	170元
8. 學生課業輔導良方	多湖輝著	180元
9. 超速讀超記憶法	廖松濤編著	180元
10. 速算解題技巧	宋釗宜編著	200元
11. 看圖學英文	陳炳崑編著	200元
12. 讓孩子最喜歡數學	沈永嘉譯	180元
13. 催眠記憶術	林碧清譯	180元
14. 催眠速讀術	林碧清譯	180元

・實用心理學講座・電腦編號21

1. 拆穿欺騙伎倆	多湖輝著	140元
2. 創造好構想	多湖輝著	140元
3. 面對面心理術	多湖輝著	160元
4. 偽裝心理術	多湖輝著	140元
5. 透視人性弱點	多湖輝著	140元
6. 自我表現術	多湖輝著	180元
7. 不可思議的人性心理	多湖輝著	180元
8. 催眠術入門	多湖輝著	150元
9. 責罵部屬的藝術	多湖輝著	150元
10. 精神力	多湖輝著	150元
11. 厚黑說服術	多湖輝著	150元
12. 集中力	多湖輝著	150元
13. 構想力	多湖輝著	150元
14. 深層心理術	多湖輝著	160元
15. 深層語言術	多湖輝著	160元
16. 深層說服術	多湖輝著	180元
17. 掌握潛在心理	多湖輝著	160元
18. 洞悉心理陷阱	多湖輝著	180元
19. 解讀金錢心理	多湖輝著	180元
20. 拆穿語言圈套	多湖輝著	180元
21. 語言的內心玄機	多湖輝著	180元
22. 積極力	多湖輝著	180元

・超現實心理講座・電腦編號22

1. 超意識覺醒法	詹蔚芬編譯	130元
2. 護摩秘法與人生	劉名揚編譯	130元
3. 秘法！超級仙術入門	陸明譯	150元
4. 給地球人的訊息	柯素娥編著	150元

5. 密教的神通力 劉名揚編著 130元
6. 神秘奇妙的世界 平川陽一著 200元
7. 地球文明的超革命 吳秋嬌譯 200元
8. 力量石的秘密 吳秋嬌譯 180元
9. 超能力的靈異世界 馬小莉譯 200元
10. 逃離地球毀滅的命運 吳秋嬌譯 200元
11. 宇宙與地球終結之謎 南山宏著 200元
12. 驚世奇功揭秘 傅起鳳著 200元
13. 啟發身心潛力心象訓練法 栗田昌裕著 180元
14. 仙道術遁甲法 高藤聰一郎著 220元
15. 神通力的秘密 中岡俊哉著 180元
16. 仙人成仙術 高藤聰一郎著 200元
17. 仙道符咒氣功法 高藤聰一郎著 220元
18. 仙道風水術尋龍法 高藤聰一郎著 200元
19. 仙道奇蹟超幻像 高藤聰一郎著 200元
20. 仙道鍊金術房中法 高藤聰一郎著 200元
21. 奇蹟超醫療治癒難病 深野一幸著 220元
22. 揭開月球的神秘力量 超科學研究會 180元
23. 西藏密教奧義 高藤聰一郎著 250元
24. 改變你的夢術入門 高藤聰一郎著 250元
25. 21世紀拯救地球超技術 深野一幸著 250元

・養生保健・電腦編號23

1. 醫療養生氣功 黃孝寬著 250元
2. 中國氣功圖譜 余功保著 230元
3. 少林醫療氣功精粹 井玉蘭著 250元
4. 龍形實用氣功 吳大才等著 220元
5. 魚戲增視強身氣功 宮 嬰著 220元
6. 嚴新氣功 前新培金著 250元
7. 道家玄牝氣功 張 章著 200元
8. 仙家秘傳袪病功 李遠國著 160元
9. 少林十大健身功 秦慶豐著 180元
10. 中國自控氣功 張明武著 250元
11. 醫療防癌氣功 黃孝寬著 250元
12. 醫療強身氣功 黃孝寬著 250元
13. 醫療點穴氣功 黃孝寬著 250元
14. 中國八卦如意功 趙維漢著 180元
15. 正宗馬禮堂養氣功 馬禮堂著 420元
16. 秘傳道家筋經內丹功 王慶餘著 280元
17. 三元開慧功 辛桂林著 250元
18. 防癌治癌新氣功 郭 林著 180元
19. 禪定與佛家氣功修煉 劉天君著 200元
20. 顛倒之術 梅自強著 360元

21. 簡明氣功辭典	吳家駿編	360 元
22. 八卦三合功	張全亮著	230 元
23. 朱砂掌健身養生功	楊永著	250 元
24. 抗老功	陳九鶴著	230 元
25. 意氣按穴排濁自療法	黃啟運編著	250 元
26. 陳式太極拳養生功	陳正雷著	200 元
27. 健身祛病小功法	王培生著	200 元
28. 張式太極混元功	張春銘著	250 元

・社會人智囊・電腦編號 24

1. 糾紛談判術	清水增三著	160 元
2. 創造關鍵術	淺野八郎著	150 元
3. 觀人術	淺野八郎著	180 元
4. 應急詭辯術	廖英迪編著	160 元
5. 天才家學習術	木原武一著	160 元
6. 貓型狗式鑑人術	淺野八郎著	180 元
7. 逆轉運掌握術	淺野八郎著	180 元
8. 人際圓融術	澀谷昌三著	160 元
9. 解讀人心術	淺野八郎著	180 元
10. 與上司水乳交融術	秋元隆司著	180 元
11. 男女心態定律	小田晉著	180 元
12. 幽默說話術	林振輝編著	200 元
13. 人能信賴幾分	淺野八郎著	180 元
14. 我一定能成功	李玉瓊譯	180 元
15. 獻給青年的嘉言	陳蒼杰譯	180 元
16. 知人、知面、知其心	林振輝編著	180 元
17. 塑造堅強的個性	坂上肇著	180 元
18. 為自己而活	佐藤綾子著	180 元
19. 未來十年與愉快生活有約	船井幸雄著	180 元
20. 超級銷售話術	杜秀卿譯	180 元
21. 感性培育術	黃靜香編著	180 元
22. 公司新鮮人的禮儀規範	蔡媛惠譯	180 元
23. 傑出職員鍛鍊術	佐佐木正著	180 元
24. 面談獲勝戰略	李芳黛譯	180 元
25. 金玉良言撼人心	森純大著	180 元
26. 男女幽默趣典	劉華亭編著	180 元
27. 機智說話術	劉華亭編著	180 元
28. 心理諮商室	柯素娥譯	180 元
29. 如何在公司崢嶸頭角	佐佐木正著	180 元
30. 機智應對術	李玉瓊編著	200 元
31. 克服低潮良方	坂野雄二著	180 元
32. 智慧型說話技巧	沈永嘉編著	180 元
33. 記憶力、集中力增進術	廖松濤編著	180 元

34. 女職員培育術　林慶旺編著　180元
35. 自我介紹與社交禮儀　柯素娥編著　180元
36. 積極生活創幸福　田中真澄著　180元
37. 妙點子超構想　多湖輝著　180元
38. 說 NO 的技巧　廖玉山編著　180元
39. 一流說服力　李玉瓊編著　180元
40. 般若心經成功哲學　陳鴻蘭編著　180元
41. 訪問推銷術　黃靜香編著　180元
42. 男性成功秘訣　陳蒼杰編著　180元
43. 笑容、人際智商　宮川澄子著　180元
44. 多湖輝的構想工作室　多湖輝著　200元
45. 名人名語啟示錄　喬家楓著　180元
46. 口才必勝術　黃柏松編著　220元
47. 能言善道的說話術　章智冠編著　180元

・精選系列・電腦編號 25

1. 毛澤東與鄧小平　渡邊利夫等著　280元
2. 中國大崩裂　江戶介雄著　180元
3. 台灣・亞洲奇蹟　上村幸治著　220元
4. 7-ELEVEN 高盈收策略　國友隆一著　180元
5. 台灣獨立（新・中國日本戰爭一）　森詠著　200元
6. 迷失中國的末路　江戶雄介著　220元
7. 2000 年 5 月全世界毀滅　紫藤甲子男著　180元
8. 失去鄧小平的中國　小島朋之著　220元
9. 世界史爭議性異人傳　桐生操著　200元
10. 淨化心靈享人生　松濤弘道著　220元
11. 人生心情診斷　賴藤和寬著　220元
12. 中美大決戰　檜山良昭著　220元
13. 黃昏帝國美國　莊雯琳譯　220元
14. 兩岸衝突（新・中國日本戰爭二）　森詠著　220元
15. 封鎖台灣（新・中國日本戰爭三）　森詠著　220元
16. 中國分裂（新・中國日本戰爭四）　森詠著　220元
17. 由女變男的我　虎井正衛著　200元
18. 佛學的安心立命　松濤弘道著　220元
19. 世界喪禮大觀　松濤弘道著　280元

・運動遊戲・電腦編號 26

1. 雙人運動　李玉瓊譯　160元
2. 愉快的跳繩運動　廖玉山譯　180元
3. 運動會項目精選　王佑京譯　150元
4. 肋木運動　廖玉山譯　150元

5.	測力運動	王佑宗譯	150元
6.	游泳入門	唐桂萍編著	200元

・休閒娛樂・電腦編號27

1.	海水魚飼養法	田中智浩著	300元
2.	金魚飼養法	曾雪玫譯	250元
3.	熱門海水魚	毛利匡明著	480元
4.	愛犬的教養與訓練	池田好雄著	250元
5.	狗教養與疾病	杉浦哲著	220元
6.	小動物養育技巧	三上昇著	300元
7.	水草選擇、培育、消遣	安齊裕司著	300元
20.	園藝植物管理	船越亮二著	220元
40.	撲克牌遊戲與贏牌秘訣	林振輝編著	180元
41.	撲克牌魔術、算命、遊戲	林振輝編著	180元
42.	撲克占卜入門	王家成編著	180元
50.	兩性幽默	幽默選集編輯組	180元
51.	異色幽默	幽默選集編輯組	180元

・銀髮族智慧學・電腦編號28

1.	銀髮六十樂逍遙	多湖輝著	170元
2.	人生六十反年輕	多湖輝著	170元
3.	六十歲的決斷	多湖輝著	170元
4.	銀髮族健身指南	孫瑞台編著	250元
5.	退休後的夫妻健康生活	施聖茹譯	200元

・飲食保健・電腦編號29

1.	自己製作健康茶	大海淳著	220元
2.	好吃、具藥效茶料理	德永睦子著	220元
3.	改善慢性病健康藥草茶	吳秋嬌譯	200元
4.	藥酒與健康果菜汁	成玉編著	250元
5.	家庭保健養生湯	馬汴梁編著	220元
6.	降低膽固醇的飲食	早川和志著	200元
7.	女性癌症的飲食	女子營養大學	280元
8.	痛風者的飲食	女子營養大學	280元
9.	貧血者的飲食	女子營養大學	280元
10.	高脂血症者的飲食	女子營養大學	280元
11.	男性癌症的飲食	女子營養大學	280元
12.	過敏者的飲食	女子營養大學	280元
13.	心臟病的飲食	女子營養大學	280元
14.	滋陰壯陽的飲食	王增著	220元

15. 胃、十二指腸潰瘍的飲食　勝健一等著　280 元
16. 肥胖者的飲食　雨宮禎子等著　280 元

・家庭醫學保健・電腦編號 30

1. 女性醫學大全　雨森良彥著　380 元
2. 初為人父育兒寶典　小瀧周曹著　220 元
3. 性活力強健法　相建華著　220 元
4. 30 歲以上的懷孕與生產　李芳黛編著　220 元
5. 舒適的女性更年期　野末悅子著　200 元
6. 夫妻前戲的技巧　笠井寬司著　200 元
7. 病理足穴按摩　金慧明著　220 元
8. 爸爸的更年期　河野孝旺著　200 元
9. 橡皮帶健康法　山田晶著　180 元
10. 三十三天健美減肥　相建華等著　180 元
11. 男性健美入門　孫玉祿編著　180 元
12. 強化肝臟秘訣　主婦の友社編　200 元
13. 了解藥物副作用　張果馨譯　200 元
14. 女性醫學小百科　松山榮吉著　200 元
15. 左轉健康法　龜田修等著　200 元
16. 實用天然藥物　鄭炳全編著　260 元
17. 神秘無痛平衡療法　林宗駛著　180 元
18. 膝蓋健康法　張果馨譯　180 元
19. 針灸治百病　葛書翰著　250 元
20. 異位性皮膚炎治癒法　吳秋嬌譯　220 元
21. 禿髮白髮預防與治療　陳炳崑編著　180 元
22. 埃及皇宮菜健康法　飯森薰著　200 元
23. 肝臟病安心治療　上野幸久著　220 元
24. 耳穴治百病　陳抗美等著　250 元
25. 高效果指壓法　五十嵐康彥著　200 元
26. 瘦水、胖水　鈴木園子著　200 元
27. 手針新療法　朱振華著　200 元
28. 香港腳預防與治療　劉小惠譯　250 元
29. 智慧飲食吃出健康　柯富陽編著　200 元
30. 牙齒保健法　廖玉山編著　200 元
31. 恢復元氣養生食　張果馨譯　200 元
32. 特效推拿按摩術　李玉田著　200 元
33. 一週一次健康法　若狹真著　200 元
34. 家常科學膳食　大塚滋著　220 元
35. 夫妻們關心的男性不孕　原利夫著　220 元
36. 自我瘦身美容　馬野詠子著　200 元
37. 魔法姿勢益健康　五十嵐康彥著　200 元
38. 眼病錘療法　馬栩周著　200 元
39. 預防骨質疏鬆症　藤田拓男著　200 元

40. 骨質增生效驗方	李吉茂編著	250 元
41. 蕺菜健康法	小林正夫著	200 元
42. 赧於啟齒的男性煩惱	增田豐著	220 元
43. 簡易自我健康檢查	稻葉允著	250 元
44. 實用花草健康法	友田純子著	200 元
45. 神奇的手掌療法	日比野喬著	230 元
46. 家庭式三大穴道療法	刑部忠和著	200 元
47. 子宮癌、卵巢癌	岡島弘幸著	220 元
48. 糖尿病機能性食品	劉雪卿編著	220 元
49. 奇蹟活現經脈美容法	林振輝編譯	200 元
50. Super SEX	秋好憲一著	220 元
51. 了解避孕丸	林玉佩譯	200 元
52. 有趣的遺傳學	蕭京凌編著	200 元
53. 強身健腦手指運動	羅群等著	250 元

・超經營新智慧・電腦編號 31

1. 躍動的國家越南	林雅倩譯	250 元
2. 甦醒的小龍菲律賓	林雅倩譯	220 元
3. 中國的危機與商機	中江要介著	250 元
4. 在印度的成功智慧	山內利男著	220 元
5. 7-ELEVEN 大革命	村上豐道著	200 元
6. 業務員成功秘方	呂育清編著	200 元
7. 在亞洲成功的智慧	鈴木讓二著	220 元

・親子系列・電腦編號 32

1. 如何使孩子出人頭地	多湖輝著	200 元
2. 心靈啟蒙教育	多湖輝著	280 元

・雅致系列・電腦編號 33

1. 健康食譜春冬篇	丸元淑生著	200 元
2. 健康食譜夏秋篇	丸元淑生著	200 元
3. 純正家庭料理	陳建民等著	200 元
4. 家庭四川菜	陳建民著	200 元
5. 醫食同源健康美食	郭長聚著	200 元
6. 家族健康食譜	東畑朝子著	200 元

・美術系列・電腦編號 34

1. 可愛插畫集	鉛筆等著	220 元
2. 人物插畫集	鉛筆等著	元

·心 靈 雅 集· 電腦編號 00

1.	禪言佛語看人生	松濤弘道著	180 元
2.	禪密教的奧秘	葉逯謙譯	120 元
3.	觀音大法力	田口日勝著	120 元
4.	觀音法力的大功德	田口日勝著	120 元
5.	達摩禪 106 智慧	劉華亭編譯	220 元
6.	有趣的佛教研究	葉逯謙編譯	170 元
7.	夢的開運法	蕭京凌譯	130 元
8.	禪學智慧	柯素娥編譯	130 元
9.	女性佛教入門	許俐萍譯	110 元
10.	佛像小百科	心靈雅集編譯組	130 元
11.	佛教小百科趣談	心靈雅集編譯組	120 元
12.	佛教小百科漫談	心靈雅集編譯組	150 元
13.	佛教知識小百科	心靈雅集編譯組	150 元
14.	佛學名言智慧	松濤弘道著	220 元
15.	釋迦名言智慧	松濤弘道著	220 元
16.	活人禪	平田精耕著	120 元
17.	坐禪入門	柯素娥編譯	150 元
18.	現代禪悟	柯素娥編譯	130 元
19.	道元禪師語錄	心靈雅集編譯組	130 元
20.	佛學經典指南	心靈雅集編譯組	130 元
21.	何謂「生」阿含經	心靈雅集編譯組	150 元
22.	一切皆空 般若心經	心靈雅集編譯組	180 元
23.	超越迷惘 法句經	心靈雅集編譯組	130 元
24.	開拓宇宙觀 華嚴經	心靈雅集編譯組	180 元
25.	真實之道 法華經	心靈雅集編譯組	130 元
26.	自由自在 涅槃經	心靈雅集編譯組	130 元
27.	沈默的教示 維摩經	心靈雅集編譯組	150 元
28.	開通心眼 佛語佛戒	心靈雅集編譯組	130 元
29.	揭秘寶庫 密教經典	心靈雅集編譯組	180 元
30.	坐禪與養生	廖松濤譯	110 元
31.	釋尊十戒	柯素娥編譯	120 元
32.	佛法與神通	劉欣如編著	120 元
33.	悟（正法眼藏的世界）	柯素娥編譯	120 元
34.	只管打坐	劉欣如編著	120 元
35.	喬答摩・佛陀傳	劉欣如編著	120 元
36.	唐玄奘留學記	劉欣如編著	120 元
37.	佛教的人生觀	劉欣如編譯	110 元
38.	無門關(上卷)	心靈雅集編譯組	150 元
39.	無門關(下卷)	心靈雅集編譯組	150 元
40.	業的思想	劉欣如編著	130 元
41.	佛法難學嗎	劉欣如著	140 元

42. 佛法實用嗎	劉欣如著	140 元
43. 佛法殊勝嗎	劉欣如著	140 元
44. 因果報應法則	李常傳編	180 元
45. 佛教醫學的奧秘	劉欣如編著	150 元
46. 紅塵絕唱	海　若著	130 元
47. 佛教生活風情	洪丕謨、姜玉珍著	220 元
48. 行住坐臥有佛法	劉欣如著	160 元
49. 起心動念是佛法	劉欣如著	160 元
50. 四字禪語	曹洞宗青年會	200 元
51. 妙法蓮華經	劉欣如編著	160 元
52. 根本佛教與大乘佛教	葉作森編	180 元
53. 大乘佛經	定方晟著	180 元
54. 須彌山與極樂世界	定方晟著	180 元
55. 阿闍世的悟道	定方晟著	180 元
56. 金剛經的生活智慧	劉欣如著	180 元
57. 佛教與儒教	劉欣如編譯	180 元
58. 佛教史入門	劉欣如編譯	180 元
59. 印度佛教思想史	劉欣如編譯	200 元
60. 佛教與女姓	劉欣如編譯	180 元
61. 禪與人生	洪丕謨主編	260 元

·經 營 管 理· 電腦編號 01

◎ 創新經營管理六十六大計(精)	蔡弘文編	780 元
1. 如何獲取生意情報	蘇燕謀譯	110 元
2. 經濟常識問答	蘇燕謀譯	130 元
4. 台灣商戰風雲錄	陳中雄著	120 元
5. 推銷大王秘錄	原一平著	180 元
6. 新創意・賺大錢	王家成譯	90 元
7. 工廠管理新手法	琪　輝著	120 元
10. 美國實業 24 小時	柯順隆譯	80 元
11. 撼動人心的推銷法	原一平著	150 元
12. 高竿經營法	蔡弘文編	120 元
13. 如何掌握顧客	柯順隆譯	150 元
17. 一流的管理	蔡弘文編	150 元
18. 外國人看中韓經濟	劉華亭譯	150 元
20. 突破商場人際學	林振輝編著	90 元
22. 如何使女人打開錢包	林振輝編著	100 元
24. 小公司經營策略	王嘉誠著	160 元
25. 成功的會議技巧	鐘文訓編譯	100 元
26. 新時代老闆學	黃柏松編著	100 元
27. 如何創造商場智囊團	林振輝編譯	150 元
28. 十分鐘推銷術	林振輝編譯	180 元
29. 五分鐘育才	黃柏松編譯	100 元

33. 自我經濟學　廖松濤編譯　100 元
34. 一流的經營　陶田生編著　120 元
35. 女性職員管理術　王昭國編譯　120 元
36. ＩＢＭ的人事管理　鐘文訓編譯　150 元
37. 現代電腦常識　王昭國編譯　150 元
38. 電腦管理的危機　鐘文訓編譯　120 元
39. 如何發揮廣告效果　王昭國編譯　150 元
40. 最新管理技巧　王昭國編譯　150 元
41. 一流推銷術　廖松濤編譯　150 元
42. 包裝與促銷技巧　王昭國編譯　130 元
43. 企業王國指揮塔　松下幸之助著　120 元
44. 企業精銳兵團　松下幸之助著　120 元
45. 企業人事管理　松下幸之助著　100 元
46. 華僑經商致富術　廖松濤編譯　130 元
47. 豐田式銷售技巧　廖松濤編譯　180 元
48. 如何掌握銷售技巧　王昭國編著　130 元
50. 洞燭機先的經營　鐘文訓編譯　150 元
52. 新世紀的服務業　鐘文訓編譯　100 元
53. 成功的領導者　廖松濤編譯　120 元
54. 女推銷員成功術　李玉瓊編譯　130 元
55. ＩＢＭ人才培育術　鐘文訓編譯　100 元
56. 企業人自我突破法　黃琪輝編著　150 元
58. 財富開發術　蔡弘文編著　130 元
59. 成功的店舖設計　鐘文訓編著　150 元
61. 企管回春法　蔡弘文編著　130 元
62. 小企業經營指南　鐘文訓編譯　100 元
63. 商場致勝名言　鐘文訓編譯　150 元
64. 迎接商業新時代　廖松濤編譯　100 元
66. 新手股票投資入門　何朝乾編著　200 元
67. 上揚股與下跌股　何朝乾編譯　180 元
68. 股票速成學　何朝乾編譯　200 元
69. 理財與股票投資策略　黃俊豪編著　180 元
70. 黃金投資策略　黃俊豪編著　180 元
71. 厚黑管理學　廖松濤編譯　180 元
72. 股市致勝格言　呂梅莎編譯　180 元
73. 透視西武集團　林谷燁編譯　150 元
76. 巡迴行銷術　陳蒼杰譯　150 元
77. 推銷的魔術　王嘉誠譯　120 元
78. 60 秒指導部屬　周蓮芬編譯　150 元
79. 精銳女推銷員特訓　李玉瓊編譯　130 元
80. 企劃、提案、報告圖表的技巧　鄭汶譯　180 元
81. 海外不動產投資　許達守編譯　150 元
82. 八百伴的世界策略　李玉瓊譯　150 元
83. 服務業品質管理　吳宜芬譯　180 元

84. 零庫存銷售	黃東謙編譯	150元
85. 三分鐘推銷管理	劉名揚編譯	150元
86. 推銷大王奮鬥史	原一平著	150元
87. 豐田汽車的生產管理	林谷燁編譯	150元

・成 功 寶 庫・電腦編號 02

1. 上班族交際術	江森滋著	100元
2. 拍馬屁訣竅	廖玉山編譯	110元
4. 聽話的藝術	歐陽輝編譯	110元
9. 求職轉業成功術	陳義編著	110元
10. 上班族禮儀	廖玉山編著	120元
11. 接近心理學	李玉瓊編著	100元
12. 創造自信的新人生	廖松濤編著	120元
15. 神奇瞬間瞑想法	廖松濤編譯	100元
16. 人生成功之鑰	楊意苓編著	150元
19. 給企業人的諍言	鐘文訓編著	120元
20. 企業家自律訓練法	陳義編譯	100元
21. 上班族妖怪學	廖松濤編著	100元
22. 猶太人縱橫世界的奇蹟	孟佑政編著	110元
25. 你是上班族中強者	嚴思圖編著	100元
30. 成功頓悟 100 則	蕭京凌編譯	130元
32. 知性幽默	李玉瓊編譯	130元
33. 熟記對方絕招	黃靜香編譯	100元
37. 察言觀色的技巧	劉華亭編著	180元
38. 一流領導力	施義彥編譯	120元
40. 30 秒鐘推銷術	廖松濤編譯	150元
42. 尖端時代行銷策略	陳蒼杰編著	100元
43. 顧客管理學	廖松濤編著	100元
44. 如何使對方說 Yes	程羲編著	150元
47. 上班族口才學	楊鴻儒譯	120元
48. 上班族新鮮人須知	程羲編著	120元
49. 如何左右逢源	程羲編著	130元
50. 語言的心理戰	多湖輝著	130元
55. 性惡企業管理學	陳蒼杰譯	130元
56. 自我啟發 200 招	楊鴻儒編著	150元
57. 做個傑出女職員	劉名揚編著	130元
58. 靈活的集團營運術	楊鴻儒編著	120元
60. 個案研究活用法	楊鴻儒編著	130元
61. 企業教育訓練遊戲	楊鴻儒編著	120元
62. 管理者的智慧	程義編譯	130元
63. 做個佼佼管理者	馬筱莉編譯	130元
67. 活用禪學於企業	柯素娥編譯	130元
69. 幽默詭辯術	廖玉山編譯	150元

70. 拿破崙智慧箴言	柯素娥編譯	130元
71. 自我培育・超越	蕭京凌編譯	150元
74. 時間即一切	沈永嘉編譯	130元
75. 自我脫胎換骨	柯素娥譯	150元
76. 贏在起跑點 人才培育鐵則	楊鴻儒編譯	150元
77. 做一枚活棋	李玉瓊編譯	130元
78. 面試成功戰略	柯素娥編譯	130元
81. 瞬間攻破心防法	廖玉山編譯	120元
82. 改變一生的名言	李玉瓊編譯	130元
83. 性格性向創前程	楊鴻儒編譯	130元
84. 訪問行銷新竅門	廖玉山編譯	150元
85. 無所不達的推銷話術	李玉瓊編譯	150元

・處 世 智 慧・電腦編號 03

1. 如何改變你自己	陸明編譯	120元
6. 靈感成功術	譚繼山編譯	80元
8. 扭轉一生的五分鐘	黃柏松編譯	100元
10. 現代人的詭計	林振輝譯	100元
14. 女性的智慧	譚繼山編譯	90元
16. 人生的體驗	陸明編譯	80元
18. 幽默吹牛術	金子登著	90元
24. 慧心良言	亦奇著	80元
25. 名家慧語	蔡逸鴻主編	90元
28. 如何發揮你的潛能	陸明編譯	90元
29. 女人身態語言學	李常傳譯	130元
30. 摸透女人心	張文志譯	90元
32. 給女人的悄悄話	妮倩編譯	90元
36. 成功的捷徑	鐘文訓譯	70元
37. 幽默逗笑術	林振輝著	120元
38. 活用血型讀書法	陳炳崑譯	80元
39. 心 燈	葉于模著	100元
41. 心・體・命運	蘇燕謀譯	70元
43. 宮本武藏五輪書金言錄	宮本武藏著	100元
47. 成熟的愛	林振輝譯	120元
48. 現代女性駕馭術	蔡德華著	90元
49. 禁忌遊戲	酒井潔著	90元
53. 如何達成願望	謝世輝著	90元
54. 創造奇蹟的「想念法」	謝世輝著	90元
55. 創造成功奇蹟	謝世輝著	90元
57. 幻想與成功	廖松濤譯	80元
58. 反派角色的啟示	廖松濤編譯	70元
59. 現代女性須知	劉華亭編著	75元
62. 如何突破內向	姜倩怡編譯	110元

64. 讀心術入門	王家成編譯	100元
65. 如何解除內心壓力	林美羽編著	110元
66. 取信於人的技巧	多湖輝著	110元
68. 自我能力的開拓	卓一凡編著	110元
70. 縱橫交涉術	嚴思圖編著	90元
71. 如何培養妳的魅力	劉文珊編著	90元
75. 個性膽怯者的成功術	廖松濤編譯	100元
76. 人性的光輝	文可式編著	90元
79. 培養靈敏頭腦秘訣	廖玉山編著	90元
80. 夜晚心理術	鄭秀美編譯	80元
81. 如何做個成熟的女性	李玉瓊編著	80元
82. 現代女性成功術	劉文珊編著	90元
83. 成功說話技巧	梁惠珠編譯	100元
84. 人生的真諦	鐘文訓編譯	100元
87. 指尖・頭腦體操	蕭京凌編譯	90元
88. 電話應對禮儀	蕭京凌編著	120元
89. 自我表現的威力	廖松濤編譯	100元
91. 男與女的哲思	程鐘梅編譯	110元
92. 靈思慧語	牧風著	110元
93. 心靈夜語	牧風著	100元
94. 激盪腦力訓練	廖松濤編譯	100元
95. 三分鐘頭腦活性法	廖玉山編譯	110元
96. 星期一的智慧	廖玉山編譯	100元
97. 溝通說服術	賴文琇編譯	100元

・健康與美容・電腦編號 04

3. 媚酒傳(中國王朝秘酒)	陸明主編	120元
5. 中國回春健康術	蔡一藩著	100元
6. 奇蹟的斷食療法	蘇燕謀譯	130元
8. 健美食物法	陳炳崑譯	120元
9. 驚異的漢方療法	唐龍編著	90元
10. 不老強精食	唐龍編著	100元
12. 五分鐘跳繩健身法	蘇明達譯	100元
13. 睡眠健康法	王家成譯	80元
14. 你就是名醫	張芳明譯	90元
19. 釋迦長壽健康法	譚繼山譯	90元
20. 腳部按摩健康法	譚繼山譯	120元
21. 自律健康法	蘇明達譯	90元
23. 身心保健座右銘	張仁福著	160元
24. 腦中風家庭看護與運動治療	林振輝譯	100元
25. 秘傳醫學人相術	成玉主編	120元
26. 導引術入門(1)治療慢性病	成玉主編	110元
27. 導引術入門(2)健康・美容	成玉主編	110元

28.導引術入門(3)身心健康法	成玉主編	110元
29.妙用靈藥・蘆薈	李常傳譯	150元
30.萬病回春百科	吳通華著	150元
31.初次懷孕的10個月	成玉編譯	130元
32.中國秘傳氣功治百病	陳炳崑編譯	130元
35.仙人長生不老學	陸明編譯	100元
36.釋迦秘傳米粒刺激法	鐘文訓譯	120元
37.痔・治療與預防	陸明編譯	130元
38.自我防身絕技	陳炳崑編譯	120元
39.運動不足時疲勞消除法	廖松濤譯	110元
40.三溫暖健康法	鐘文訓編譯	90元
43.維他命與健康	鐘文訓譯	150元
45.森林浴—綠的健康法	劉華亭編譯	80元
47.導引術入門(4)酒浴健康法	成玉主編	90元
48.導引術入門(5)不老回春法	成玉主編	90元
49.山白竹(劍竹)健康法	鐘文訓譯	90元
50.解救你的心臟	鐘文訓編譯	100元
52.超人氣功法	陸明編譯	110元
54.借力的奇蹟(1)	力拔山著	100元
55.借力的奇蹟(2)	力拔山著	100元
56.五分鐘小睡健康法	呂添發撰	120元
59.艾草健康法	張汝明編譯	90元
60.一分鐘健康診斷	蕭京凌編譯	90元
61.念術入門	黃靜香編譯	90元
62.念術健康法	黃靜香編譯	90元
63.健身回春法	梁惠珠編譯	100元
64.姿勢養生法	黃秀娟編譯	90元
65.仙人瞑想法	鐘文訓譯	120元
66.人蔘的神效	林慶旺譯	100元
67.奇穴治百病	吳通華著	120元
68.中國傳統健康法	靳海東著	100元
71.酵素健康法	楊皓編譯	120元
73.腰痛預防與治療	五味雅吉著	130元
74.如何預防心臟病・腦中風	譚定長等著	100元
75.少女的生理秘密	蕭京凌譯	120元
76.頭部按摩與針灸	楊鴻儒譯	100元
77.雙極療術入門	林聖道著	100元
78.氣功自療法	梁景蓮著	120元
79.大蒜健康法	李玉瓊編譯	120元
81.健胸美容秘訣	黃靜香譯	120元
82.鍺奇蹟療效	林宏儒譯	120元
83.三分鐘健身運動	廖玉山譯	120元
84.尿療法的奇蹟	廖玉山譯	120元
85.神奇的聚積療法	廖玉山譯	120元

86. 預防運動傷害伸展體操	楊鴻儒編譯	120 元
88. 五日就能改變你	柯素娥譯	110 元
89. 三分鐘氣功健康法	陳美華譯	120 元
91. 道家氣功術	早島正雄著	130 元
92. 氣功減肥術	早島正雄著	120 元
93. 超能力氣功法	柯素娥譯	130 元
94. 氣的瞑想法	早島正雄著	120 元

·家 庭／生 活· 電腦編號 05

1. 單身女郎生活經驗談	廖玉山編著	100 元
2. 血型·人際關係	黃靜編著	120 元
3. 血型·妻子	黃靜編著	110 元
4. 血型·丈夫	廖玉山編譯	130 元
5. 血型·升學考試	沈永嘉編譯	120 元
6. 血型·臉型·愛情	鐘文訓編譯	120 元
7. 現代社交須知	廖松濤編譯	100 元
8. 簡易家庭按摩	鐘文訓編譯	150 元
9. 圖解家庭看護	廖玉山編譯	120 元
10. 生男育女隨心所欲	岡正基編著	160 元
11. 家庭急救治療法	鐘文訓編著	100 元
12. 新孕婦體操	林曉鐘譯	120 元
13. 從食物改變個性	廖玉山編譯	100 元
14. 藥草的自然療法	東城百合子著	200 元
15. 糙米菜食與健康料理	東城百合子著	180 元
16. 現代人的婚姻危機	黃靜編著	90 元
17. 親子遊戲 0 歲	林慶旺編譯	100 元
18. 親子遊戲 1～2 歲	林慶旺編譯	110 元
19. 親子遊戲 3 歲	林慶旺編譯	100 元
20. 女性醫學新知	林曉鐘編譯	180 元
21. 媽媽與嬰兒	張汝明編譯	180 元
22. 生活智慧百科	黃靜編譯	100 元
23. 手相·健康·你	林曉鐘編譯	120 元
24. 菜食與健康	張汝明編譯	110 元
25. 家庭素食料理	陳東達著	140 元
26. 性能力活用秘法	米開·尼里著	150 元
27. 兩性之間	林慶旺編譯	120 元
28. 性感經穴健康法	蕭京凌編譯	150 元
29. 幼兒推拿健康法	蕭京凌編譯	100 元
30. 談中國料理	丁秀山編著	100 元
31. 舌技入門	增田豐著	160 元
32. 預防癌症的飲食法	黃靜香編譯	150 元
33. 性與健康寶典	黃靜香編譯	180 元
34. 正確避孕法	蕭京凌編譯	180 元

國家圖書館出版品預行編目資料

台灣內亂　新・中國-日本戰爭(六)/森詠著；林碧清譯
──初版，──臺北市，大展，民88
265面；21公分，──（精選系列；21）
譯自：新・日本中國戰爭（第六部）台灣內亂
ISBN 957-557-942-9（平裝）

861.57　　88010366

台灣內亂　新・中國－日本戰爭(六)　ISBN 957-557-942-9

原 著 者/ 森　詠
編 著 者/ 林 碧 清
發 行 人/ 蔡 森 明
出 版 者/ 大展出版社有限公司
社　　址/ 台北市北投區（石牌）致遠一路2段12巷1號
電　　話/（02）28236031・28236033
傳　　真/（02）28272069
郵政劃撥/ 01669551
登 記 證/ 局版臺業字第2171號
承 印 者/ 國順文具印刷行
裝　　訂/ 嶸興裝訂有限公司
排 版 者/ 弘益電腦排版有限公司
電　　話/（02）27112792
初版1刷/ 1999年（民88年）9月

定　價/ 220元

大展好書　好書大展

大展好書　好書大展